# Le mystère des matous mortels

**Claude Valasek**

# Le mystère des matous mortels

***Roman***

LE LYS BLEU
ÉDITIONS

ISBN : 979-10-377-8288-5

*À mon père, Erno Valasek*

## Avant-propos

Ce roman est une pure fiction, même s'il est construit à partir d'éléments technologiques existants, ou en cours de développement. Il se situe dans un futur proche et ne fait qu'amplifier certaines tendances économiques et sociales déjà présentes.

L'auteur a « recyclé » des faits empruntés à l'histoire contemporaine que chacun pourra sans doute reconnaître.

Cet ouvrage est aussi parsemé de souvenirs, plus ou moins agréables, de personnages réels que l'auteur a rencontrés dans sa vie personnelle et professionnelle. Certaines phrases, qui peuvent paraître choquantes, sont malheureusement une retranscription édulcorée de conversations réelles entendues par l'auteur.

# Chapitre I

Montreuil sur Seine, le 12 novembre 2026 – 18 heures

« Vous savez docteur, mon mari me disait toujours, en les voyant attroupés en jellaba dans la rue, que s'il avait une grenade il les exterminerait, ces sales bicots. »

Le métier de médecin à domicile nécessitait, entre autres qualités, un sens avéré de la retenue. Cyril Agopian se souvenait du serment d'Hippocrate qu'il avait prononcé il y a trente-trois ans. Il s'était souvent raccroché à lui pour ne pas déroger à sa vocation de soigner tout le monde, même les personnes qu'il jugeait les moins dignes de l'être.

C'est toujours avec appréhension qu'il se rendait chez Madame Sylvani, veuve d'un ancien appelé de la guerre d'Algérie, pour qui, cette période de sa vie, représentait à la fois une aventure virile qui avait rempli toute sa vie et la source d'un profond ressentiment contre tout ce qui peut s'assimiler à un musulman, un Arabe ou un Maghrébin.

Comme d'habitude, il fit semblant de ne pas entendre et continua son travail avec méthode et détachement.

La sachant d'origine italienne, il aurait pu lui parler du massacre d'Aigues-Mortes en 1897 qui reste à ce jour le seul lynchage « spontané » d'étrangers en France. Une dizaine de travailleurs italiens avait été massacrée par une foule déchaînée. Cela aurait sans doute été peine perdue.

Il prit congé de cette personne âgée et regagna son véhicule. À chaque jour suffit sa peine.

Depuis qu'il avait accepté ce nouveau poste dans le programme VHAD au sein de l'association VIVRE pour laquelle il travaillait, sa qualité de vie professionnelle s'était dégradée. Un peu à cause des cadences qu'il devait respecter, mais qu'il ne qualifiait pas d'infernales, par respect pour les employés et ouvriers qu'il avait croisés quand il était médecin libéral et qui gagnaient cinq fois moins que lui.

Il avait en charge plusieurs dizaines de patients (ou clients tant la relation avec ceux-ci ressemblait à une prestation de services) qu'il devait soigner à domicile.

En entrant dans le groupe VIVRE, Cyril Agopian n'avait pas signé pour ça mais ses missions, initialement définies, avaient évolué assez rapidement.

Avant d'intégrer le groupe VIVRE, il avait exercé pendant vingt-cinq ans une activité de médecine de ville dans un cabinet situé à quelques centaines de mètres de la Gare du Nord à Paris. Après quelques années de galère, il avait trouvé sa place dans le quartier. Il avait une clientèle diversifiée. De l'artiste un peu connu au travailleur clandestin qui utilisait la carte vitale de son cousin, il avait l'impression d'être utile et gagnait bien sa vie.

Ce qui le gênait de plus en plus, c'était la nécessité croissante d'avoir recours à l'informatique, qu'il détestait par-dessus tout, et la pression de plus en plus forte de la sécurité sociale qui contrôlait ses prescriptions en opposition totale avec ses conceptions déontologiques de l'époque.

À cinquante-cinq ans, son appartement payé, et à la tête d'un petit patrimoine qui lui permettait d'assurer ses arrières, il avait décidé de vendre son cabinet et de redevenir salarié. Terminer sa carrière professionnelle ainsi lui semblait être un bon plan.

Depuis plusieurs années, il y avait une vraie pénurie de médecins et il avait eu le choix entre six postes à portée de métro qui lui assuraient un salaire satisfaisant.

Il avait choisi INTEGRA, une association d'aide aux migrants qui lui permettait de garder un contact avec la clientèle qu'il affectionnait particulièrement.

Après deux ans dans ce poste, son employeur lui avait proposé, avec une insistance qui ressemblait à un ultimatum, de redéfinir ses missions en entrant dans le programme expérimental d'aide aux personnes âgées VHAD.

À moitié par flemme de chercher autre chose et à moitié par intérêt pour la mission, il s'était investi dans ce poste avec professionnalisme. Conscient d'être un peu privilégié, il n'avait pas voulu jouer les martyrs.

Chacun de ses patients lui rappelait tous les jours qu'il jouissait d'une position particulièrement favorable pour un petit-fils d'immigré.

Ses grands-parents avaient fui la Turquie en 1914 pour échapper au génocide arménien. Ils avaient reconstruit une vie plutôt agréable à Marseille, élevé leurs enfants et permis à leurs petits-enfants, dont il était, de devenir des Français « ordinaires ».

Pendant sa période INTEGRA, il lui arrivait de soigner en une seule journée : une femme charcutée par des matrones, un homme battu par ses camarades de squat et un enfant sauvé de justesse de mutilations les rendant plus « apte » à la mendicité. Cela le poussait à mettre ses problèmes à distance et à ne pas trop se plaindre de son sort.

L'arrivée d'une nouvelle maladie avait bouleversé son quotidien et bien plus encore. Au début, on l'avait appelée Covid-19. Les premières années, pour la caractériser, identifier son mode de transmission, son traitement, ses modes de mutation… la communauté scientifique était en terrain connu. Mais dès 2023, le corps médical s'était aperçu que nous étions face un phénomène nouveau et inclassable. Il n'y avait plus de bonnes cases où ranger cette maladie. Elle vivait sa vie et semait la mort en dépit de toute logique connue.

Ses symptômes, ses conséquences à moyen terme, l'efficacité des vaccins… tout était sans cesse sujet à des remises en question.

Dans les faits, La Maladie avait bien changé le quotidien de Cyril Agopian et celui d'innombrables humains. Il avait l'impression de risquer sa vie tous les jours avec ces patients qui avaient culturellement de grosses difficultés à respecter les fameux gestes barrières.

Il faut dire que quand on a survécu à deux mois de voyage dans le Sahara, une traversée de la Méditerranée en bateau pneumatique et à trente-six heures dans un camion frigorifique, on a un peu de mal à comprendre ce qu'il a de dangereusement mortel dans une accolade ou le partage d'un thé.

Pour ne rien arranger, leur situation précaire forçait ces clandestins à accepter tous types de boulot évidemment sans masque, ni eau, ni gel hydroalcoolique.

Alors que, même les plus sceptiques des Français avaient maintenant intégré la nécessité de se protéger des virus des autres, il travaillait avec la seule frange de la population encore étrangère aux gestes barrières.

De ce fait, quand son directeur lui avait proposé d'intégrer un nouveau programme, il avait accepté sans trop rechigner.

L'apparition brutale de La Maladie avait rapidement mis à mal le système de santé et la perception que les Français en avaient.

On était sortis rapidement de la vision idyllique, et sans doute surfaite, du système médical français qui paraissait certes coûteux, mais tellement efficace. Les incertitudes, les échecs répétés avaient provoqué une remise en question brutale de l'existant. Profitant de ce malaise, le gouvernement avait engagé une mutation fondamentale de tout le système de santé avec pour ligne directrice la réduction des coûts. Cela passait évidemment par la privatisation de nombreux services.

De plus, pour ne rien arranger, de nombreux scandales avaient éclaté à propos du traitement des personnes âgées dans les EHPAD.

Pour résoudre tous ces problèmes, il aurait fallu des investissements publics massifs inenvisageables vu l'état de la dette et de la volonté de baisser les impôts coûte que coûte.

Les solutions adoptées avaient été celles de l'ère du temps : nouvelles technologies et start-up.

De nouveaux marchés étaient nés, que son employeur, l'association VIVRE, s'était empressée de capter. Ceux générés par le soin aux personnes âgées en particulier, dont la situation restait en effet toujours préoccupante. Ce sujet était devenu un motif de tensions entre la population et ceux qui la gouvernent.

On savait en effet depuis le début que La Maladie tuait essentiellement les personnes âgées. Quand le virus entrait dans une maison de retraite ou un EHPAD, il faisait des ravages. Faute de traitement efficace, seul l'isolement complet permettait une protection relative des patients. Cependant, la solitude forcée provoquait des effets secondaires presque aussi désastreux que le virus : dénutrition, sénilité accélérée, suicide…

Il était de plus en plus compliqué de trouver du personnel valide et qualifié (le taux de mortalité parmi les soignants était important) acceptant de travailler dans ces établissements d'accueil pour personnes âgées.

Deux événements se sont alors combinés pour faire émerger le programme pour lequel Cyril Agopian travaillait maintenant : le déploiement de la 5G et le développement de nouvelles technologies non-intrusives permettant la collecte de données biologiques.

Là où, jusqu'à maintenant, la piqûre était nécessaire, le simple contact de capteurs posés à même la peau permettait de recueillir des informations fiables.

La 5G, dans ce contexte, permettait de plus la transmission de données massives en temps réel grâce à du matériel de petite taille. Cette nouvelle technologie était, selon les discours dominants, la solution ultime qui allait définitivement révolutionner la vie des Français et faire rentrer le pays dans le XXI^e^ siècle. Tous les objets pourraient communiquer entre eux, devenir autonomes et rendre des services jusqu'à là imaginables.

En combinant les moyens de communication offerts par la 5G et les innovations médicales, des startups avaient conçu une série de micro-machines révolutionnaires de surveillance biologique. Elles avaient mis au point ces capteurs portés à même la peau par les patients. Ces petits mouchards relevaient d'innombrables données biologiques transmises en temps réel à des centres d'analyse et d'alerte qui surveillaient la santé des patients qui en étaient équipés.

Grâce à ces capteurs, la température, la tension, la glycémie, le pouls, le taux d'oxygène et bien d'autres éléments pouvaient être mesurés afin d'alimenter les algorithmes de veille permanente des patients. Une analyse génétique approfondie avait été préalablement intégrée dans la base de données personnelles de chaque personne suivie afin d'optimiser plus encore les diagnostics.

La puissance de calcul des ordinateurs, qui s'était considérablement accrue, faisait le reste et permettait de générer des diagnostics bien plus élaborés que ceux produits par des médecins.

Ce bouleversement avait affecté rapidement toute la médecine. Il ne touchait pas que les personnes âgées. Toutes les maladies chroniques avaient vu leurs traitements évoluer rapidement. La veille permanente avait rapidement été généralisée, sous des versions plus adaptées, avec une forte incitation financière des complémentaires santé. Les hypertendus, les cardiaques, les diabétiques étaient maintenant suivis en temps réel et ne fréquentaient plus les laboratoires d'analyse biologique.

Ce dispositif ne comportait que des avantages potentiels pour le gouvernement : économie dans le financement des EHPAD, économie dans le remboursement des analyses biologiques, récolte de données permettant le suivi des politiques de santé, renforcement de son image innovante et bienveillante…

Elle commençait à porter ses fruits : le rétablissement des équilibres sociaux était en point de mire du fait de la baisse importante des dépenses de santé. Cette diminution de dépense passait essentiellement par la réduction du personnel dans les EHPAD, les hôpitaux et les laboratoires d'analyse biologique.

En effet, ce secteur souffrait particulièrement et sa restructuration était en cours, via des absorptions de petits laboratoires par les plus gros. Cette concentration s'était accompagnée de nombreux PSE, plan de sauvegarde de l'emploi. Cette appellation venait tout droit, selon certains observateurs malintentionnés, de la terminologie inventée par George Orwell. Dans son célèbre roman *1984*, le ministère de la manipulation des informations s'appelait le ministère de la vérité.

Toutes ces mutations s'étaient en outre accompagnées du développement de ce qu'on désigne par un nom affreux : l'ubérisation des professions de l'accompagnement médical. Le développement de l'hôpital à domicile avait eu à moyen terme pour conséquence d'achever la flexibilisation des emplois d'aide-soignant(e) s, infirmier(e)s, personnel d'entretien…

Le groupe VIVRE, qui était précurseur dans cette flexibilisation des emplois, expérimentait quant à lui le programme particulièrement innovant destiné aux personnes âgées dépendantes pour lequel travaillait Cyril Agopian et qui suscitait de nombreux espoirs.

Ce dispositif avait été vendu au grand public comme LA solution au problème du vieillissement de la population inévitable et si coûteux en dépenses publiques. Les coûts liés à la prise en charge du quatrième âge croissaient chaque année et constituaient une bombe sociale à retardement. Les questions sous-jacentes, qui n'étaient jamais évoquées en public, concernaient le degré d'acceptabilité à moyen terme par les actifs cotisants de cette charge financière.

Le groupe VIVRE était composé de structures œuvrant en grande partie dans les domaines de l'accompagnement sanitaire et social et pouvait assurer à lui seul toute la chaîne des tâches des soins à domicile.

Il avait constitué assez rapidement une armée de personnel formée au « carc », selon la dénomination qui s'était imposée en quelques années.

Ce groupe était devenu un leader français des services à la personne et de l'action sociale non marchande en général. Il s'était développé par absorption de structures en difficulté qui œuvraient dans le même domaine. VIVRE les reprenait, les rationalisait, les professionnalisait et les intégrait dans un groupe qui disposait, par sa taille et son réseau, de ressources financières bien plus conséquentes que les associations traditionnelles.

Associé à des startups disposant de compétences avérées dans le domaine de la surveillance médicale à distance, il disposait de toutes les armes pour concevoir et mettre en place le dispositif VHAD qui se voulait le fer de lance de la réponse technologique, bienveillante et économe, à l'opposé de la litanie des pleureuses de l'ancien monde qui réclamait plus de moyens financiers et plus de personnel.

Le nom complet du programme était : Vivre Heureux À Domicile, avec pour acronyme VHAD. Cyril avait appris par des indiscrétions, comme il en circule dans toutes les entreprises, que son nom initial était : Vivre Libre À Domicile, ce qui aurait formé l'acronyme VLAD.

Au départ, personne ne s'était rendu compte, parmi les têtes pensantes qui concevaient le produit, que Vlad était un personnage historique : le comte Vlad III, Prince de Valachie ayant vécu au XVe siècle. Il a laissé le triste souvenir de massacres de masse d'une cruauté inouïe et il était connu pour une spécialité rare : l'empalement. C'est d'ailleurs cet individu qui a inspiré à Bram Stocker le personnage de Dracula. La « design team » s'est rendu compte, avec effroi et par hasard, de l'exploitation potentiellement malicieuse de cette ressemblance ; VLAD les vampires des EPHAD, VLAD suceur de sang des personnes âgées… et a vite inventé un autre nom potentiellement moins polémique.

Politiquement, ce programme tombait à point nommé, car dans le domaine de la santé, le Pouvoir, personnalisé en la personne du Président de la République, avait un gros boulot à accomplir pour restaurer son image.

Les premiers mois de gestion de la crise de La Maladie avaient été catastrophiques en termes de représentation : discours contradictoires, changements brusques de politique, sentiment d'incapacité à gérer la situation…

Les changements de personnel politique n'y avaient rien fait, les Français avaient toujours du mal à placer leur confiance dans ce gouvernement et à croire que les mesures prises étaient les bonnes. Pour ne rien gâcher, aucun vaccin, aucun traitement définitif n'avait été mis au point. La pandémie faisait sans cesse du yoyo avec des changements de pied, des mutations, des allers et retours qui avaient de quoi rendre fou les milieux médicaux et les politiques.

Ce qui, d'après Cyril Agopian, était le plus grave, était l'absence de sens dans tout cela. Personne n'arrivait à rendre cette crise lisible.

La religion était en perte de vitesse et toute tentative d'expliquer la pandémie par une punition divine tombait à plat. Au Moyen-Âge, on aurait fait des processions, dans l'Antiquité, on aurait sacrifié des bœufs ou des hommes aux dieux. Mais dans l'idéologie dominante (développement économique, enrichissement matériel, progrès technologique, hédonisme…) il n'y avait aucune case pour intégrer la question : pourquoi cela nous arrive-t-il ?

L'émotion brute remplaçait de plus en plus la réflexion, et les marches blanches les manifestations. Applaudir le personnel soignant le soir à vingt heures avait été, un court moment, une manière de se sentir concerné trois minutes par jour en se donnant bonne conscience. Le port d'un pin (il ne savait pas trop si ce terme était encore en usage) qui affirmait son soutien à une cause faisait office de prise de position radicale.

Évidemment, Cyril évitait de faire part à quiconque de toutes ces réflexions. Le fait de vivre seul et d'avoir une vie sociale réduite au minimum le gardait bien de devoir cacher son pessimisme fondamental propre à casser l'ambiance.

Outre son intérêt indéniable reconnu par toute la communauté médicale, le projet VHAD avait un autre avantage essentiel pour le Pouvoir en place : il était porté par Jean-Louis Péllegrini.

En effet, Jean-Louis Péllegrini était le dirigeant du groupe VIVRE, employeur de Cyril Agopian.

« Le big boss », comme l'appellent tous les salariés du groupe VIVRE, avait activement soutenu le candidat du mouvement EN AVANT dès 2016.

Il avait permis au futur Président de gommer un peu son image de favori des banques et des milieux financiers en s'affichant avec cet « entrepreneur solidaire » si efficace dans la création d'activités sociales rentables.

Même si cette alliance n'avait pas été déterminante pour la victoire du leader du mouvement EN AVANT, elle avait permis à Jean-Louis Péllegrini de se positionner comme interlocuteur privilégié auprès du nouveau pouvoir. Son nom avait même été évoqué comme secrétaire d'État sans que cette éventualité ne se concrétise.

Jean-Louis Péllegrini avait bénéficié, en retour, d'accès privilégiés aux cercles de décision proches du pouvoir (du win-win comme on dit dans les milieux économiques).

Quand ce dernier est allé proposer son projet en haut lieu, il a bien entendu bénéficié d'une oreille attentive et bienveillante, et il n'a pas fallu longtemps au ministre de la santé pour mobiliser les fonds nécessaires au lancement d'une expérimentation.

Cyril Agopian était un des maillons de cette expérimentation. Il était passé des migrants plus ou moins clandestins aux vieilles dames dignes (pas que des dames, mais les hommes, ayant une espérance de vie inférieure aux femmes dans ces tranches d'âge-là, étaient rares).

Sa vie professionnelle avait changé et était devenue plus itinérante.

Il rendait visite régulièrement à des patients membres de l'échantillon test mais pouvait aussi être envoyé en urgence vers l'un de ses patients en cas d'affolement des compteurs biométriques.

Le métier lui semblait plus facile et moins risqué. Les protocoles sanitaires étaient bien respectés et les pathologies traitées, somme toute, classiques et rentrant parfaitement dans ses compétences. En tant qu'ex-généraliste expérimenté, il connaissait bien ce public et leurs pathologies.

Sa vie professionnelle rentrait donc dans une routine, certes fatigante, car le rythme de travail était intense, mais sans grosses surprises ni gros risques.

Mais, pour tout dire, certains aspects de son nouveau métier lui pesaient fortement.

Il passait, par exemple, beaucoup de temps dans les bouchons et à chercher un endroit pour se garer, le caducée n'étant plus le sésame d'antan. Son employeur lui avait fourni une voiture de fonction confortable, un SUV électrique à faible émission de gaz carbonique, car sa mission ne pouvait se réaliser en transports en commun. Il n'en tirait aucune satisfaction personnelle. Il n'avait jamais été fasciné par les voitures et les conversations autour des bagnoles l'ennuyaient profondément. Il ne savait pas, par exemple, retenir le nom des Peugeot. Il n'avait jamais compris la logique de la numérotation avec le zéro au milieu.

En tant que médecin, les patients le percevaient comme le chef des autres intervenants (infirmières, kinés, aides à domicile…) qui étaient, selon eux, rarement à la hauteur de leurs attentes. Il recueillait donc toutes les doléances attristées, énervées, exaspérées avec souvent une grosse dose de mauvaise foi.

Par ailleurs, il croyait avoir échappé aux contraintes informatiques mais elles lui étaient retombées dessus avec brutalité.

Pour justifier l'utilité du programme, une « traçabilité » avait été mise en place afin d'identifier les temps, les coûts, les marges d'économie… Cyril devait donc noter dans sa tablette (qui ne le quittait plus) tout ce qu'il faisait, ses prescriptions, le temps qu'il passait par tâche…

Que de temps perdu, que de contraintes, que de stress inutile et que de perte de sens !

## Chapitre II

Les Lilas, le 12 novembre 2026 – 19 heures

Tout en ruminant ses pensées et en essayant de trouver d'éventuelles failles dans ses diagnostics et prescriptions du jour, il alluma la télévision, calée sur une chaîne d'information continue.

Il ne se sentait pas fier de ce qu'il faisait. Il savait que ces chaînes (elles se ressemblaient toutes) manquaient de recul, favorisaient le sensationnel à l'approfondissement et à la réflexion. D'ailleurs, dans la voiture, il n'écoutait que France Culture ou France Musique histoire de se cultiver ou peut-être se donner bonne conscience.

Les chiffres du jour défilaient dans le bandeau du bas et le débat portait sur une énième recrudescence du virus.

Il y avait sur le plateau un professeur de médecine (pourquoi ne restait-il pas dans son service à faire son travail ?), un homme politique de la majorité (nous faisons tout ce qu'il faut) et un de l'opposition (le gouvernement est incapable de gérer la situation).

Bref, la même routine que depuis mars 2020.

Ils étaient juste bons à créer un buzz et à alimenter des débats stériles.

Le débat portait, comme un jour sur deux, sur une possible augmentation du nombre de morts. Il s'interrogea sur la cohérence entre ces informations et son vécu.

Certes, depuis quelques mois qu'il exerçait, il avait constaté des décès parmi ses patients, mais compte tenu de leur âge et de leur état de santé, cela ne lui semblait pas trop hors norme.

Il assista pendant une demi-heure à des engueulades artificielles (il voyait bien que le rôle du présentateur était de mettre un peu d'huile sur le feu dès que des points d'accord se faisaient jour) le temps que ses pâtes cuisent et qu'il se décide à choisir une sauce (roquefort, arrabiata ou pesto ?).

Quand son repas fut prêt, il dressa la table et dégusta ses pâtes lentement en buvant de l'eau gazeuse. Il était assez fort ce soir-là pour résister à l'appel du Saumur Champigny ou du Coteau Bourguignon, deux vins sans trop de prétention qu'il appréciait avec modération comme il se doit.

Le repas terminé et le lave-vaisselle chargé, il réfléchit à la manière dont il allait occuper sa fin de soirée.

Il aimait le cinéma vintage ; comédies des années 50, western, films noirs, science-fiction au trucage approximatif.

Il opta pour un Billy Wilder qui le mettrait de bonne humeur et le conforterait dans une de ses convictions : la vie amoureuse n'est qu'une vaste hypocrisie dont il vaut mieux rire pour ne pas en être victime.

À la fin de t*he Seven Year Itch. (Sept ans de réflexion en français*) il était prêt à aller au lit à la recherche d'un sommeil réparateur.

En jetant un coup d'œil sur son portable, il vit un appel en absence, celui de sa mère. Il se dit :

« À chaque jour suffit sa peine, je la rappellerai demain. »

Il savait qu'à cette heure tardive elle dormirait et n'avait pas envie d'entendre des propos dithyrambiques sur son frère, sa réussite, sa maison, ses enfants brillants…

Sa vie sentimentale et familiale était assez peu reluisante et n'avait pas de quoi rendre une mère fière de son rejeton. Après son divorce, il y a plus de vingt ans, il avait enchaîné les aventures approximatives avec des femmes qui n'avaient rien pour plaire à sa mère. La seule satisfaction que cette dernière pouvait avoir était relative à la brièveté de ces relations.

Sa mère avait toujours eu l'élégance de ne rien lui reprocher, même si son insistance à valoriser son frère était souvent agaçante.

Lui avait épousé une femme parfaite ; élégante, bonne cuisinière, femme d'intérieur, économe, prévenante avec belle-maman. Cyril, qui avait la fâcheuse tendance à chercher l'envers des tableaux, pensait que tout ne devait pas être aussi rose dans leur couple. Il se gardait bien d'exposer cette hypothèse à sa mère.

Il s'endormit sur cette pensée un peu malveillante mais réconfortante.

## Chapitre III

Neuilly, le 13 novembre 2026 – 9 heures

Sa première visite était pour la princesse Héléna Perechenko.

Le terme « Princesse », dont Cyril la qualifiait, était de lui. Cette dame élégante et cultivée portait ses quatre-vingts ans passés avec un charme certain mais surestimé par elle-même. Elle était sans doute la seule à ne pas se rendre compte des ravages du temps sur son visage et se trouvait séduisante.

Elle était née en France dans les années 1930 dans une famille d'Ukrainiens qu'on appelait « blancs » car ils étaient partisans du Tzar contrairement aux communistes rouges. Elle tenait à cette précision : je ne suis pas Russe mais Ukrainienne.

Héléna avait été une très belle femme. Elle avait un charme slave et de grands yeux bleus très expressifs.

Après une jeunesse dorée, elle avait épousé un marchand d'art qui gagnait beaucoup d'argent et dépensait encore plus. Elle était à l'époque comme un poisson dans l'eau dans le milieu de l'art parisien qui regorgeait de génies.

Quand son mari mourut brusquement, elle perdit une grande partie de son train de vie et se retrouva vite seule dans son appartement de Neuilly somme toute assez cossu.

Quand Cyril lui rendait visite, elle lui sortait le grand jeu de la séduction avec des allusions clairement sexuelles. Elle lui racontait ses aventures passées, les hommes importants à qui elle avait dit non et les occasions qui se présentaient encore à elle malgré son âge avancé.

Elle ne cessait d'en parler à Cyril avec un regard pétillant : « Vous ai-je déjà dit que Matisse était à mes pieds et que j'ai repoussé ses avances ? »

Au bout de trois fois, cette histoire commençait à l'agacer mais, professionnalisme oblige, il lui répondait un « Ah bon ! » avec un regard faussement étonné et intéressé.

Il devinait à travers ses propos un message subliminal : « C'est quand tu veux. »

Il se gardait bien de l'entendre, et ceci pour plusieurs raisons évidentes : la déontologie, la différence d'âge, le manque d'appétence pour les ennuis.

Elle vivait avec ses cinq chats dans son appartement. Ils s'appelaient Olga, Tatiana, Maria, Anastasia et Alexis. Quatre femelles et un mâle qui portaient le nom des cinq enfants du tsar Nicolas II fusillé en juillet 1918. Elle entretenait cette « tradition » depuis des lustres. Quand un chat mourait (tous les 15 à 20 ans), elle le remplaçait par un autre du même sexe et qui recevait le même prénom.

La visite ne fut pas trop longue car Héléna était en bonne santé pour son âge. Il appliqua les recommandations de changement de traitement que sa tablette lui indiquait. Il n'avait de toute façon pas trop le choix, son autonomie de décision était fortement encadrée par les algorithmes qui régissaient le dispositif.

Il avait aussi pour mission de vérifier le niveau de la batterie du collier et de le recharger. En quelques années, des progrès énormes avaient été réalisés dans le domaine de l'autonomie des batteries. Le collier avait deux semaines d'autonomie en continu et se rechargeait en vingt minutes, le temps de la consultation.

Cyril avait aussi la charge de remplacer les colliers quand ceux-ci devenaient obsolètes. Il installait en ce moment la version 3.0 (c'était écrit sur l'emballage mais il n'avait pas d'idée précise de la signification de ce sigle).

Il notait toutefois des améliorations esthétiques. Le modèle pour femme comportait de fausses perles. De ce fait, les patientes avaient de moins en moins l'impression de porter un harnais et de plus en plus un bijou.

Il arriva à éviter l'épreuve du thé russe qu'il détestait, prétextant son emploi du temps chargé, mais ce n'était en fait même pas un prétexte.

Sa journée se déroula normalement et il enchaîna les visites, les bouchons, les visites, les bouchons avec une morne régularité.

Son dernier rendez-vous de la journée était avec Marcel Van Den Bush.

Il avait un petit faible pour ce centenaire hâbleur, sans doute mythomane, d'une mauvaise foi incommensurable mais qui mentait avec tant de talent que Cyril en était admiratif.

Et après tout, il n'avait rien à vendre et le seul plaisir qu'il restait à cet homme était de réinventer sa vie en l'embellissant.

Avec son cancer de la prostate avancé, ses problèmes de cœur et son diabète, Marcel vivait dans la douleur et la privation de plaisir de tous ordres (même uriner était une épreuve et une souffrance). Il ne lui restait que la joie de parler haut et de convaincre Cyril que le monde n'était pas ce qu'il croyait.

Il en avait vu dans sa vie : agent secret pendant la Seconde Guerre mondiale, chasseur de nazis à la libération, responsable des RG dans une ville d'Algérie avant la décolonisation…

Son appartement était rempli de reliques du passé qu'il conservait dans un désordre apparent.

Quand il était de bonne humeur et qu'il avait pu uriner tout son saoul, il sortait à Cyril une pièce rare : un exemplaire original de l'Aurore le jour de la publication du « J'accuse » de Zola, des pièces de monnaie romaines dénichées dans le Sahara, des morceaux d'omoplates de Croisés…

Il disait même posséder un exemplaire du *Times* du 20 juin 1815 annonçant la victoire de Waterloo.

Il ne l'avait jamais montré à Cyril mais ce dernier ne lui en tenait pas rigueur, le seul fait d'avoir eu l'idée de ce mensonge le rendait intéressant aux yeux de Cyril.

Ce jour-là, Marcel n'était pas resplendissant. Tous deux savaient que la fin était proche. Il modifia son traitement en augmentant les doses d'antalgique.

Il avait vu sur le tableau de bord du suivi du patient que Marcel oubliait régulièrement ses médicaments.

Le système était en effet si précis qu'il relevait les prises de médicament avec les heures, les doses et les impacts immédiats sur l'organisme des patients.

Il aurait été en droit de le lui reprocher mais il ne s'en sentit pas le courage. Laissons-le mourir comme il l'entend, pensa-t-il.

Cyril rentra chez lui en se demandant combien de fois il reverrait Marcel. Sans doute peu de fois.

Il reprit sa routine. Informations. Cuisine. Dîner.

Ah ce soir-là, il y avait un peu de variété : une interview en grande exclusivité du nouveau dirigeant du Parti « Les Français D'Abord », seul concurrent sérieux du président sortant pour les élections présidentielles qui se dérouleraient dans moins de quatre mois.

Une réforme de la Constitution avait modifié la donne et rétabli le septennat avec un mandat unique.

A priori, le sortant, qui en était à son second mandat, n'aurait pas dû avoir le droit de se représenter. Mais, après une subtile négociation avec le Conseil Constitutionnel, il avait été déclaré éligible en arguant que la nouvelle loi remettait les compteurs à zéro.

En fait, la guerre que se menaient les successeurs potentiels du sortant au sein de son propre camp était si féroce qu'aucun postulant ne semblait pouvoir prétendre sérieusement à la victoire finale. L'élection du représentant de LFDA aurait été dans ce cas une pure formalité.

De ce fait, l'éligibilité du sortant était devenue la seule solution raisonnable dans le camp autoproclamé de la raison. De plus, la perspective d'être aux commandes du pays dix-sept ans de suite, ferait entrer le Président sortant dans l'histoire, ce qui représentait son souhait ultime. Faire mieux que Mitterrand et Chirac, quel pied !

Cyril s'intéressait à la politique sans jamais avoir été engagé. Son histoire familiale l'incitait à toujours rester en alerte. Il n'excluait pas par principe l'idée de devoir un jour immigrer comme ses grands-parents l'avaient fait. Le monde donnait des signes inquiétants de recul de la démocratie. De plus en plus de dirigeants élus considéraient toute autre personne qu'elle illégitime et s'accrochaient au pouvoir par des moyens plus ou moins légaux. Les États-Unis avaient même frôlé la guerre civile à la suite de la défaite contestée de Trump en 2020. Le racisme institutionnel reprenait du poil de la bête et l'histoire a souvent montré que le pire pouvait arriver sans prévenir. « Le ventre est encore fécond d'où est sortie la bête immonde », disait Bertold Brecht. Cyril pensait souvent à cette citation.

En tant que descendant d'Arméniens, il ne se sentait pas directement menacé comme pouvaient l'être les juifs par exemple. Les Arméniens célèbres (Aznavour, André Manoukian, Patrick Devedjian, Édouard Balladur, Henri Verneuil, Robert Guédiguian…) donnaient une image d'intégration parfaite.

De plus, grâce à Léo Ferré, qui avait transformé en chanson *L'affiche rouge* (un poème de Louis Aragon) à la gloire de Michel Manouchian, résistant fusillé par les Allemands, les Arméniens avaient gagné leur place dans la résistance.

La réputation assez négative que ce peuple véhiculait dans le Caucase ne l'avait pas suivie en France.

Il en tenait pour preuve l'absence de dénomination dévalorisante de son peuple. Il existe des appellations racistes pour la plupart des nationalités (Polak, rital, Portos, schleu, négro, bougnoule, youpin…) mais aucun pour les Arméniens. Tant mieux.

Il suivait l'élection présidentielle de près sans pour autant s'impliquer. Il savait que le score serait plus serré que la dernière fois et que le réflexe républicain pourrait ne pas jouer.

Il pensait aussi que si Kévin Ramirez était élu, il y aurait peu de chance que le programme VHAD soit maintenu. Cette initiative avait subi le feu des critiques de la part des dirigeants de LFDA qui dénonçaient la gabegie, les passe-droits, le désengagement de l'État, l'abandon des personnes âgées… Rien de neuf sous le soleil.

Kévin Ramirez était un nouveau venu. Après avoir conquis la région PACA en 2021, il était vite devenu une valeur sûre au sein de son parti. Les observateurs de la vie politique lui voyaient un avenir à moyen terme mais, comme souvent, ils se trompaient.

En septembre 2021 se déroula le congrès de son parti, LFDA à Aix-en-Provence. Le Président sortant, Joseph-Marie Ledantec, aurait dû être reconduit à la tête du parti et désigné comme le candidat naturel aux futures présidentielles.

À la suite de manœuvres qui restent encore obscures, une alliance s'était constituée entre ceux qui pensaient que Président actuel de LFDA n'avait pas le charisme suffisant pour gagner et ceux qui en avaient marre de toujours échouer aux portes du pouvoir.

Cette ligue ne serait sans doute pas arrivée à ses fins sans La Maladie. En effet, le candidat présumé ayant été atteint par le virus lors d'une manifestation à la gloire de la Vierge le 15 août, il avait dû s'isoler quelques jours pour se soigner. Des rumeurs fort opportunes avaient alors accrédité l'idée qu'il ne pourrait plus assumer son rôle de candidat avec l'énergie nécessaire. Il fallait donc envisager le pire et trouver un candidat de substitution.

Des fuites en provenance de sources bien informées mais désirant garder l'anonymat, laissaient entendre que Kévin Ramirez avait organisé une réunion discrète autour d'un barbecue durant laquelle le sort de Joseph-Marie Ledantec avait été scellé et que le statut du jeune opportuniste était passé de recours à sauveur. Cette réunion restera pour la petite histoire sous le nom de « la nuit des longues brochettes », allusion à « la nuit des longs couteaux » qui avait vu Hitler se débarrasser des SA qui l'avaient porté au pouvoir. Il y avait évidemment beaucoup d'ironie dans cette appellation, car nul ne faisait plus de relation entre le Nazisme et LFDA.

Compte tenu de la situation économique et sociale, il avait beau jeu de critiquer le gouvernement qui lui donnait régulièrement des verges pour se faire battre, dont il se servait avec délectation. Il disposait de la virginité de ceux qui, n'ayant jamais eu à gouverner, n'avaient jamais eu à se renier ni à faire des concessions aux réalités.

Il avait un certain talent oratoire, et, contrairement à son prédécesseur, il avait su rallier à sa cause des personnalités populaires. Par exemple, Pollux, un comique qui avait bien su naviguer dans l'ambiguïté avec ses sketches racistes au premier degré, antiraciste au second, l'avait rejoint. Et en concentrant ses sketches sur la critique des hommes politiques et des fonctionnaires il avait su se constituer un beau public de beaufs. Avec l'âge, l'alcool et les échecs amoureux, il était devenu de plus en plus aigri et avait fini par apporter son soutien à Kévin Ramirez, à l'homme avant tout évidemment : il le trouvait fort sympathique, et qui disait tout haut ce que les Français disaient tout bas.

De plus, Pollux avait été à l'origine d'une soupe populaire d'un nouveau genre, abondamment financée par les pouvoirs publics, et qui ne désemplissait pas en ces temps de crise, tremplin idéal pour Kévin Ramirez.

Évidemment, Pollux ne se gênait pas pour taquiner Kévin Ramirez pour donner le change et ne pas écorner son image de comique indépendant et un tantinet anarchiste.

Cela permettait à cette vieille vedette d'apporter à la candidature de Ramirez une coloration populaire, une image de tolérance, avec un message subliminal (vous voyez je sais rire de tout même de moi).

Cyril sirotait un jus de tomate dopé au tabasco, en écoutant les vieilles ficelles idéologiques de Kévin Ramirez recyclées à la mode écolo car, aucun homme politique ne pouvait maintenant avancer une idée sans évaluer si ce qu'il proposait était bon ou pas pour la planète.

La préservation de l'environnement était devenue en quelques années l'alpha et l'oméga de tout comportement intellectuel ou collectif. Il fallait à tout prix s'affirmer écoresponsable, ce qui en soit ne dérangeait pas Cyril. Il triait ses déchets, favorisait les transports en commun, ne prenait plus l'avion, achetait des produits en vrac.

Cela ne l'autorisait pas pour autant à se montrer en modèle et à conspuer le monde entier sur tout et sur rien contrairement à nombre de ses concitoyens.

Par exemple, une campagne avait été lancée sur internet pour réduire l'épaisseur des pelures de kiwis vendus prêts à consommer dans les supermarchés.

De son point de vue, la fable du petit colibri était le cache-misère d'une certaine pauvreté intellectuelle. Elle avait permis à l'anecdotique de cacher l'essentiel. Cyril pensait que se sentir bien dans ses pompes parce qu'on fait des petits gestes ne peut être une fin en soi, et que cela ne donne le droit à personne de lancer des anathèmes à tort et à travers.

Cette pensée dominante (tout au moins dans les médias) créait des clivages dont profitait Kévin Ramirez. Cela ne rendait pas le discours du leader de LFDA attirant mais il comprenait que certaines personnes dans la difficulté soient sensibles à ses arguments.

La sonnerie de son téléphone fixe interrompit sa réflexion. C'était sa mère.

## Chapitre IV

Les Lilas, le 13 novembre 2026 – 20 heures 30

Il décrocha après avoir pris sa respiration :

« Bonjour Maman, comment vas-tu ? Désolé pour hier, je n'ai pas entendu ton appel. J'ai de longues journées et j'ai dû m'assoupir devant la télé. »

Stratégiquement, il pensait que se plaindre un peu lui serait profitable.

Elle lui répondit que ce n'était pas grave, que l'important était qu'elle ait de ses nouvelles aujourd'hui :

« Ça va ton travail, tu te protèges bien j'espère ?

— Ton frère m'a appelé hier, il doit mettre en place les nouvelles mesures de protection des salariés, c'est un sacré boulot. »

Ça y est, son agacement commençait à monter. Il ne répondit rien sur ce sujet :

« Tu sais maman, les précautions sanitaires c'est mon métier, j'ai été formé là-dessus et j'ai toujours fait attention. Quand j'étais interne, on m'appelait la terreur du lavage de mains. »

Il venait de l'inventer mais cette petite phrase fit mouche. Elle soupira et lui demanda :

« Tu n'étais quand même pas trop dur avec les infirmières ? Après tout le boulot qu'elles font, elles ne méritent pas trop de réprimandes, tu as vu comme elles se sont sacrifiées au début de la crise du coronavirus ? »

Elle changea de sujet :

« Au fait, Poupinette n'est pas trop en forme en ce moment, tu sais ce que je peux lui donner pour la remonter ? »

Poupinette était le nom de son chat, son compagnon, son confident. Il calma son agacement et lui répondit :

« Tu sais maman je ne suis pas vétérinaire, je n'y connais rien en chat. Tout ce que je sais, en tant que médecin, c'est que leurs morsures sont potentiellement dangereuses et qu'il faut s'en méfier. »

Elle bondit (enfin, il l'imagina bondir dans son canapé) :

« Enfin Cyril, Poupinette est un ange, elle est incapable de faire de mal à qui que ce soit. Elle ne sait pas ce que c'est que de mordre. »

Sans être vétérinaire, il savait que les chats étaient des félins que les hommes n'avaient jamais pu apprivoiser :

« Mets-la en présence d'une souris ou d'un oiseau et tu verras que le félin ne tardera pas à reprendre le dessus. »

Il sentit sa mère dubitative, mais elle n'osa pas le contredire.

Cyril ne sentait pas de faire durer la conversation. Il lui promit de passer la voir, un de ces prochains week-ends. Elle habitait Iwuy, petite ville au nord de Cambrai à deux heures de chez lui, ce qui lui permettait d'aller la voir une journée sans trop passer de temps sur les routes, chose qu'il évitait de plus en plus, tant ses déplacements durant ses journées de travail actuelles lui pesaient.

Son parcours de vie était assez original : le père de Cyril ne se sentait pas à l'aise dans la communauté arménienne de Marseille. Ses parents et leurs amis vivaient dans une osmose un peu sclérosante. Leur vie était faite de souvenirs qui obscurcissaient le présent, ils passaient leur temps à raconter leur vie idéalisée à Smyrne, sans s'attarder sur les circonstances de leur exil.

Dans la première partie de sa vie, il s'était marié avec une jeune femme d'origine arménienne avec l'assentiment des deux familles. L'assentiment était si fort qu'il ressemblait fortement à un mariage arrangé.

Après quinze ans de mariage, il avait décidé de tout quitter pour s'installer le plus loin possible de son milieu d'origine. Cyril avait deux demi-frères, plus âgés que lui, qu'il n'avait vus qu'en de rares exceptions et qu'il ne voyait plus du tout depuis la mort de son père.

Le père de Cyril avait trouvé un emploi salarié à l'autre bout du pays, dans le bassin minier du Nord de la France à proximité de Valenciennes. À l'époque, les mineurs disposaient d'un système de santé autonome et gratuit. Les médecins y disposaient d'un statut favorisé : maisons de maîtres (comme les ingénieurs), bons salaires, charbon gratuit, retraites à cinquante-cinq ans, clientèles captives et statuts sociaux gratifiants.

Il s'était attaché à cette population très mélangée et n'eut jamais envie de revenir dans sa Provence natale.

Cyril avait donc passé son enfance dans cette région rurale à la lisière du bassin minier, terre plate où la betterave était reine. Sa mère était la fille d'un gros exploitant agricole et son père l'avait rencontrée au musée de Valenciennes lors d'un vernissage. Quand ils s'étaient connus, le père de Cyril avait quarante ans, soit dix années de plus que sa mère.

Elle était issue d'une lignée de femmes de pouvoir sans pour autant avoir leur caractère et leur assurance. Liliane, la grand-mère maternelle de Cyril, menait une grande exploitation agricole d'une main de fer. Son mari, Jules, le grand-père de Cyril, était un homme adorable et notoirement alcoolique. Comme beaucoup d'hommes de ce milieu, il trouvait son bonheur dans la conduite de son gros tracteur, avec ses copains au café et dans son poste de conseiller municipal qui lui permettait d'échapper à l'emprise de sa femme et, accessoirement, de boire à l'œil.

Enfant, Cyril s'était construit dans deux ambiances très différentes.

Il passait une partie de ses grandes vacances chez ses grands-parents arméniens à Marseille. Même si la relation entre son père et ses parents était distanciée, à cause du divorce, Cyril restait un petit-fils à part entière et il ne ressentait de la part de ses grands-parents que de l'amour.

Il y retrouvait chaque été la mer, les plages et la cuisine exotique et savoureuse de sa grand-mère. Il se retrouvait surtout dans un îlot culturel très spécifique. Ses grands-parents ne fréquentaient que des

Arméniens comme eux, qui ne parlaient qu'arménien entre eux. Certes, ils étaient infiniment reconnaissants à la France de les avoir accueillis et sauvés, mais ils restaient imprégnés de la nostalgie de leur vie passée et demeuraient ancrés dans leurs traditions et leur culture, hermétiques aux influences extérieures. Cyril avait ressenti très jeune cette contradiction qui le troublait un peu, d'autant plus qu'il fréquentait le reste de l'année d'autres enfants d'immigrés qui avaient un rapport différent et plus distancié à leur culture d'origine. Mais il ne leur en parlait jamais, car il ne voulait pas faire de peine à ses grands-parents si aimants et qui avaient vécu un drame que lui-même avait du mal à se représenter.

Dans sa famille, le génocide n'était jamais évoqué. À travers des histoires personnelles, de souvenirs d'anciens disparus, on sentait sa présence dans la mémoire refoulée des membres de sa famille.

Il avait lu tout ce qu'il avait pu trouver sur ce qu'il s'était passé en 1915 et 1916. Les mots étaient faibles pour relater la violence des déportations et des massacres.

Des milliers d'Arméniens avaient été enfermés dans des camps d'internement sans eau ni nourriture. Des cas d'anthropophagie avaient été constatés. Il ne pensait pas que ses grands-parents avaient vécu de tels drames, mais ils devaient sans doute en avoir entendu parler. Il semblait impossible pour Cyril que des témoins de ces drames puissent les raconter et l'oubli lui semblait être le seul mode possible de résilience.

Pourtant, il s'était approprié cette histoire et l'avait faite sienne. Elle était déterminante dans sa manière de voir le monde et les autres. Il savait que l'ami d'aujourd'hui pouvait devenir l'exécuteur de demain. Certes, cette transformation d'ami en assassin n'était pas courante mais, dans les dernières décennies, le phénomène s'était reproduit à plusieurs reprises.

Durant la guerre qui suivait l'explosion de la Yougoslavie, la question de la dissolution des couples mixtes (serbo-croate, ou bosno-serbe, ou croato-serbe) s'était quelquefois résolue par l'exécution du beau-frère ou de la belle-sœur.

Au Rwanda, le processus avait été le même avec en plus la liquidation des enfants issus des unions jugées impures.

Tout cela pouvait sembler bien lointain et fort peu probable, mais à voir ce qui se disait sur les réseaux sociaux, même si les passages à l'acte étaient peu nombreux, les intentions génocidaires étaient toujours là.

Durant la période scolaire, il vivait à Denain, ville moyenne marquée par la sidérurgie et le charbon. Mais il passait beaucoup de temps à Iwuy, au côté d'une famille maternelle ancrée depuis des générations sur son territoire, mais qui pressentait que son monde n'en avait plus pour longtemps.

Le développement de l'extraction du charbon avait considérablement modifié la population locale. Il était d'abord venu des flamands-belges, puis des Italiens, des Polonais et des Maghrébins. Tout ce beau monde s'était mélangé en quelques générations avec une constante forte : au fond de la mine, ils étaient tous égaux face aux dangers mortels. Il y avait un fort sentiment d'appartenance à une élite ouvrière qui avait relevé la France après 1945. Cette mythologie avait été construite par le Parti Communiste et la CGT mais arrangeait tout le monde.

Le père de Cyril était au contact de ces mineurs et de leur famille au quotidien. Il soignait leurs maux directs et indirects. Cyril était lui-même imprégné de cette culture via ses camarades de classe et les récits de son père.

En effet, son père avait tenu à ce qu'il suive sa scolarité à l'école publique, contre l'avis de sa mère et de ses grands-parents maternels. Sa culture orthodoxe l'incitait à ne pas confier son fils à une école catholique, qui aurait pourtant été la voie normale pour un enfant issu de la bourgeoisie terrienne de la région.

Cyril avait découvert à l'école Jean Jaurès un monde dans lequel il se sentait bien, des enfants d'immigrés comme lui mais originaires de Pologne, d'Italie, du Portugal, du Maroc ou d'Algérie. Il y avait mené une scolarité brillante, capital culturel oblige, et avait naturellement suivi la voie de son père en devenant docteur en médecine.

Du côté de sa mère, l'ambiance était différente. Bien que séparés de quelques kilomètres du bassin minier (des champs de son grand-père Jules, on pouvait apercevoir des terrils), ses grands-parents se sentaient différents, voire supérieurs, à tous ces ouvriers, sans jamais l'affirmer.

Le rapport à la terre était déterminant dans les relations sociales. Il y a ceux qui en ont et ceux qui n'en ont pas.

Pour en avoir, on était prêt à tout, et les relations sociales étaient subordonnées à cette possession. Cyril avait entendu au hasard des conversations que des mariages avaient été arrangés dans sa famille éloignée entre des propriétaires plutôt à l'aise et d'autres ruinés mais possédant des terres.

Le marché avait été le suivant : mon fils épouse ta fille et je reprends tes dettes et tes terres. Les enfants en question n'avaient pas leur mot à dire. Le garçon, ayant le choix entre ça ou l'usine et la fille, ayant été élevée dans le devoir d'obéissance, s'était soumise sans résister à la pression familiale.

Cela ne s'était pas passé en Inde ou en Afrique mais dans le Nord de la France dans les années cinquante.

Cyril aimait ses quatre grands-parents à égalité. Et tous les quatre lui avaient apporté, à leur manière, l'amour indispensable à son épanouissement de petit garçon. Il leur en était particulièrement reconnaissant. Un à un, ils étaient partis pour toujours. Cyril avait été à chaque fois bouleversé par cette perte.

Son père étant lui aussi décédé assez jeune, il ne lui restait plus que sa mère. Celle-ci avait perdu toutes les terres familiales mais vivait, somme toute confortablement, de la pension de son mari. Autre signe des changements irrémédiables qui s'étaient produits.

Elle avait toutefois hérité d'une des caractéristiques des femmes de sa famille : elle savait tout sur tout et avait un avis tranché sur tous les sujets.

Quand il l'avait au téléphone, il avait droit à une série de lieux communs assénés comme des vérités universelles.

Ce soir-là, elle n'avait manifestement pas envie de raccrocher et il la laissa monologuer sur l'actualité, la situation qui se dégrade, la violence qui croît, l'insécurité à tous les niveaux, le manque de respect des jeunes…

Il aurait pu lui répondre point par point mais il ne sentait pas le courage de la contredire. Il préférait, tout en l'écoutant, consulter sa CD thèque et choisir un disque à écouter dès que l'appel serait terminé – une musique chargée d'émotion qui remplirait son âme de beauté. Il opta pour du Bach, « les variations Goldberg » par Glenn Gould. Rien de bien original, mais sans être fermé à la nouveauté et à l'innovation en matière d'art, il aimait les valeurs sûres.

Après tout, le fait qu'une musique soit connue et appréciée par le plus grand nombre depuis longtemps ne la rendait ni plus désirable ni plus détestable. Il aimait penser avoir un certain goût et une indépendance d'esprit avérée dans le domaine artistique.

De plus, le fait de vivre seul le laissait complètement libre de ses choix : pas de « On a déjà vu ce film cent fois », ou « Tu vas nous endormir avec ta musique », assénés par des compagnes pas toujours en phase avec ses goûts.

Son unique fils Jérémy avait pris son indépendance depuis longtemps, ce qui ne forçait plus Cyril à faire des concessions « jeunistes ». Comme tous les ados (lui y compris entre quinze et vingt ans), Jérémy considérait qu'une musique de plus de 3 mois était ringarde par nature.

Au bout d'une demi-heure, sa mère se sentit fatiguée, ce qui l'arrangeait bien. Maintenant qu'il s'était projeté dans le touché délicat de Glenn Gould, il aspira plus que tout à raccrocher le téléphone :

« Bonne nuit maman, prends bien soin de toi, n'oublie pas de te laver les mains régulièrement et de porter un masque en présence d'autres personnes. »

C'était son rituel de fin de conversation.

Dès que le téléphone fut raccroché, il mit le CD et se laissa envahir par la musique spirituelle de Bach.

## Chapitre V

Les Lilas, le 25 novembre 2026 – 18 heures

Ce soir-là, il était rentré plus tôt. Un message était passé sur le réseau interne de l'entreprise : le Big Boss passe à la télé à 18 heures 30.

Il y a des lois non écrites dans le monde professionnel. Selon les entreprises et les postes occupés, il y a des règles à respecter. Par exemple, au sein du groupe VIVRE, la cravate était proscrite et le jean presque obligatoire. En revanche, porter une chemise blanche non repassée était de bon ton.

La plus incontournable des règles était de dire le lendemain d'un passage de Péllegrini à la télévision qu'il avait été génial et qu'on n'en avait pas raté une seconde.

Les excuses du genre « Je n'ai pas la télé », « j'avais piscine »... passaient mal.

Cyril savait donc qu'aucun collègue ne l'appellerait ce soir-là, et que tous les cadres du groupe seraient devant la télé, portable coupé et crayon à la main. Enfin, « J'en fais peut-être un peu trop », se ravisa-t-il.

Péllegrini avait négocié, à moins que ce ne soit un membre du service communication de l'Élysée, quatre-vingt-dix minutes de direct pour faire le point sur le projet VHAD et dire tout le bien qu'il pensait de la politique menée par le gouvernement en matière de social et de santé.

Cyril pensa que c'était de bonne guerre de chasser sur les terres traditionnelles de la gauche après avoir écrabouillé la droite dite de gouvernement.

Péllegrini était un bon orateur, il connaissait ses dossiers par cœur et, face à un journaliste généraliste qui se basait sur des fiches rédigées par ses assistants juste un peu plus spécialisés que lui, la partie était facile.

Les questions avaient permis à Péllegrini de dérouler en détail tous les bienfaits que ce programme allait apporter quand il serait déployé sur toute la France.

Un petit reportage tourné chez une patiente bien gentille en remit une couche sur le tableau lénifiant que Péllegrini venait de dresser.

Cyril se souvint à ce moment d'un appel du siège reçu la semaine précédente. Une collègue du service communication lui demandait quelques noms de patients particulièrement agréables et positifs. Il l'avait renseignée et il comprenait maintenant le sens de cet appel. Après tout pourquoi pas ? On n'est jamais aussi bien servi que par soi-même et si la télé avait voulu interroger un patient moins téléguidé, il suffisait de parcourir les forums de consommateurs sur internet. Des râleurs, il y en a à la pelle, ils auraient eu l'embarras du choix.

Péllegrini se lança dans une grande tirade sur la modernité et le progrès technique, la volonté de ne laisser personne hors des avancées technologiques, la nécessaire obligation de baisser les dépenses de santé tout en garantissant une amélioration de la qualité des soins.

Le pauvre journaliste, pourtant réputé pour son franc-parler, le regardait avec un œil ravi et dissimulait mal son admiration pour le personnage. À moins qu'il ne s'agisse d'une volonté de dire au pouvoir en place « Vous voyez comme je vends bien votre politique, vous pouvez compter sur ma veulerie ».

Cyril apprit quand même des choses ce soir-là.

Il connaissait un peu la notion de « big data » en vigueur depuis quelques années. Cette innovation consistait en la collecte de masses énormes de données afin d'alimenter des recherches. Avec le projet porté par VIVRE, on franchissait une étape supplémentaire en recueillant en temps réel des données biométriques exploitables, elles aussi, en temps réel, grâce à de puissants algorithmes et des ordinateurs de plus en plus rapides.

Ces données étaient censées être destinées à alimenter des recherches qui permettraient de faire de la France le leader dans le domaine de la médecine préventive. C'était du moins ce que Péllegrini affirmait. Déjà, des avancées certaines avaient été réalisées dans le domaine de la compréhension du diabète et une révolution des traitements était en marche.

Cyril, qui connaissait un peu le fonctionnement de Péllegrini, imaginait ce dernier négocier la vente de ces données aux laboratoires médicaux en cherchant à maximiser ses profits. L'obésité en forte progression et les maladies connexes, qu'elle entraînait, étaient depuis un bon nombre d'années une mine d'or pour les laboratoires pharmaceutiques.

Les laboratoires qui avaient trouvé les vaccins pour La Maladie s'étaient assuré un chiffre d'affaires colossal pendant deux à trois ans. Et comme le virus avait la mauvaise idée de muter régulièrement, chaque nouvelle mutation représentait un énorme jackpot.

Cependant, celui qui trouverait le médicament contre l'obésité, le diabète ou les maladies cardiovasculaires s'assurerait un chiffre d'affaires colossal pendant de nombreuses années.

En fin d'émission, Péllegrini lança un scoop. Il prit un ton très grave et ralentit le débit des mots qu'il prononçait.

Il avait habituellement un débit rapide et fluide. Cyril sentit bien l'astuce de communicant, et il en fut assez admiratif sans en être dupe. Il cessa néanmoins toute activité pour se concentrer sur les dires de son patron :

« Vous savez que La Maladie est un fléau pour notre population et notre économie. Nous avons mobilisé toutes les ressources du dispositif afin d'apporter notre contribution à la résolution de ce problème. »

Silence de quatre secondes :

« Ce soir, je suis en mesure de vous annoncer que nous venons de faire une avancée considérable. »

Autre silence de quatre secondes.

Le journaliste était sur le grill, n'osant pas l'interrompre, mais sentant que ce qu'il allait entendre serait du lourd.

Péllegrini poursuivait :

« Nous sommes en mesure d'identifier les éléments de fragilité qui font que le virus pénètre ou pas dans l'organisme. En fonction d'une batterie de critères tous différents selon les personnes, les défenses immunitaires baissent, ce qui se traduit concrètement par une ouverture de la porte d'entrée dans laquelle la maladie peut s'engouffrer. Nous pouvons donc prévoir ce moment avec une précision qui rend la méthode opérationnelle. »

Le journaliste intégra la portée de ce qu'il venait d'entendre avec rapidité et reprit le contrôle de l'interview. Cyril ressentit la jouissance intérieure du journaliste qui se mit à poser de nombreuses questions qui permirent à Péllegrini de préciser sa pensée.

Il réexpliqua que le virus entrait dans l'organisme par des portes, la plupart du temps fermées, susceptibles de s'ouvrir en fonction de circonstances particulières : des émotions, certaines variables physiologiques, des facteurs environnementaux…

Comme le système relève en temps réel et vingt-quatre heures sur vingt-quatre les données, il lui est maintenant possible de prévoir ces moments de fragilité. Il ne s'agit pas pour l'instant d'un médicament mais d'une stratégie prometteuse de prévention :

« Nous savons que des signes avant-coureurs se manifestent quelques jours avant le degré maximum de vulnérabilité. Ce délai est variable en fonction de critères individuels eux aussi identifiables. Cela nous laisse largement le temps de protéger les patients en les mettant en situation d'isolement total. Concrètement, nous allons mettre en place un indicateur de fragilité qui permettra d'anticiper la vulnérabilité future des patients. Cette méthode vaudra évidemment à terme pour beaucoup d'autres pathologies. »

Cette révélation fit l'effet d'une bombe. Dans le regard du journaliste, il pouvait maintenant lire : « Putain, c'est super, je vais être repris dans le monde entier, ça va booster mon image ».

Pendant quelques minutes, Péllegrini développa le concept sous le regard admiratif de l'animateur ébahi.

Aussitôt l'intervention de Péllegrini terminée, un plateau de spécialistes s'était mis en place. On sentait les chercheurs dépités de ne pas avoir été associés à la trouvaille, les politiques de la majorité enthousiastes récupérant au mieux le coup de com.

Les jours qui avaient suivi l'exploitation médiatique de cette découverte, sans doute préparée, avaient fait régner un vent d'optimisme au sein de la majorité.

Le procès, en incapacité à avancer dans la résolution du problème de La Maladie, en avait pris un coup dans l'aile. L'opposition avait perdu une grande part de ses angles d'attaque. La majorité, qui traversait une grave crise de légitimité, s'était ressoudée comme au premier jour, et envisageait maintenant une réélection glorieuse.

Comme il l'avait pressenti, cette déclaration provoqua une grosse activité au sein du groupe et Cyril fut convoqué à de nombreuses réunions de travail en téléconférence.

L'annonce faite par Péllegrini à la télévision avait en effet provoqué un changement d'échelle du programme. Les objectifs étaient de passer de mille à dix mille patients sur un territoire qui dépasserait Paris et la Petite Couronne.

En tant qu'ancien dans le programme, il fut sollicité pour former des collègues récemment embauchés et les formateurs du personnel paramédical.

Cela le changea un peu de sa routine et il apprécia d'exercer un travail plus sédentaire.

Consignes sanitaires obligent, il formait ses collègues de chez lui à l'aide d'un poste informatique flambant neuf qui avait été livré et installé à domicile.

L'installateur lui avait vanté les performances du matériel dans un langage qui lui semblait aussi étranger que la mécanique automobile.

Comme d'habitude, dans ces cas-là, il développait des mimiques mi-interrogatives, mi-enthousiastes avec assez d'ambiguïté pour que son interlocuteur se sente compris et soutenu.

Il avait développé cette technique avec la mère de son ex-femme, d'origine polonaise qui pensait parler bien le français. Elle était de plus très bavarde, et Cyril, qui ne voulait surtout pas la vexer, répondait à ses assertions, qu'il ne comprenait aucunement, avec des regards et des grimaces laissant une grande liberté d'interprétation à son interlocutrice.

Il se familiarisa avec difficulté au logiciel de vidéoconférence mais il réussit quand même à assurer cette mission.

Après deux semaines d'intervention, il revint à ses tâches habituelles, sans trop rechigner. Il allait certes reprendre ses visites et renouer au plaisir des bouchons franciliens mais il allait revoir de vrais gens avec de vraies vies, des vraies histoires, et même de vraies odeurs.

# Chapitre VI

Neuilly, le 25 février 2027 – 7 heures 30

Cindy Laporte ouvrit la boîte à clefs en composant le code à quatre chiffres. Depuis plusieurs années, l'usage de ces boîtes extérieures s'était généralisé, pour permettre au personnel d'accompagnement d'avoir accès aux logements des personnes âgées sans que celles-ci ne soient obligées de se déplacer pour ouvrir.

Le code de Madame Perechenko était 1607, date de la mort du dernier Tsar. Cette dernière, bien qu'Ukrainienne, vivait dans le passé glorieux (à ses yeux) de l'empire russe.

Pour sa famille (dont elle était la dernière survivante), être Ukrainien, n'était pas incompatible avec l'appartenance à l'empire russe et, entre aristocrates fortunés, les relations étaient bonnes. Leurs vrais ennemis étaient les communistes qui les avaient spoliés de leurs biens et de leurs privilèges.

Lors de ses visites régulières, Héléna lui avait expliqué tout cela. Durant la dernière guerre russo-ukrainienne, cette position semblait étrange à tous ceux qui l'entendaient, mais Cindy avait bien d'autres préoccupations et ne s'intéressait pas à la politique, surtout étrangère.

Cindy Laporte avait été réveillée par un SMS en pleine nuit, l'informant du décès de Mme Perechenko. Cela faisait partie du métier ; être en veille en permanence et se rendre disponible à tout moment.

Elle n'arrivait pourtant pas à calmer la colère sourde qui l'habitait depuis plus de trois années. Quand les systèmes de contrôles de données biologiques à distance s'étaient généralisés, les laboratoires d'analyse avaient perdu une grande part de leur chiffre d'affaires et avaient licencié en masse. Elle avait fait partie d'une des nombreuses charrettes.

Elle travaillait depuis plus de quinze années dans un grand laboratoire et pensait tout faire pour mériter son emploi. Elle n'avait jamais rechigné à faire des heures supplémentaires payées partiellement, elle ne prenait jamais d'arrêt maladie, elle se formait dès qu'elle le pouvait, elle pensait avoir « l'esprit maison »…

Tous ces efforts pour être licenciée comme une moins que rien et se retrouver dans la galère ! Pour ne rien arranger, son mari, qu'elle avait rencontré dans la même entreprise, avait connu le même sort.

Depuis, ils vivaient dans l'incertitude : payer les mensualités des crédits, assurer le quotidien des enfants, partir en vacances… tout était problématique.

Elle priait pour que sa voiture ne tombe pas en panne, que le prix du carburant baisse, que l'hiver ne soit pas trop froid…

Elle s'était mise à haïr ceux d'en haut, ceux qui ont tout et qui méprisent les petits, tous ceux qui étaient, selon elle, responsables de sa situation désastreuse.

Malgré cette colère, elle s'était levée à six heures et s'apprêtait à remplir sa mission avec professionnalisme.

Ce qui lui faisait le plus mal, c'était de travailler pour l'entreprise qu'elle jugeait responsable de son malheur. Après avoir épuisé ses droits au chômage, Pôle Emploi lui avait proposé ce poste de « responsable du bien-être » au sein du programme VHAD.

Elle avait accepté faute de mieux, sachant que son nouveau statut d'auto-entrepreneur allait l'ancrer dans la précarité.

En soi, le travail n'était pas inintéressant pour elle, car Cindy aimait le contact avec les gens. Elle devait s'occuper des personnes âgées, de leur toilette, la préparation des médicaments, leur faire des piqûres, s'occuper de leurs animaux…

Son poste était à cheval entre le paramédical et l'aide à la personne. Toutes les frontières entre ces deux statuts avaient éclaté. Cela avait commencé avec la petite enfance, quand l'emploi de personnes non qualifiées avait été autorisé par décret en 2022 pour s'occuper des enfants en bas âge. La porte était ouverte et la déréglementation des professions de santé pouvait commencer.

Ce qu'elle s'apprêtait à faire était le mieux rémunéré et le plus pénible : intervenir auprès d'une personne décédée. Quelques années auparavant, elle n'imaginait pas devoir exécuter ce genre de travail, mais elle avait dû s'y habituer et ce n'était pas la première fois qu'elle le faisait.

Quand elle ouvrit la porte de l'appartement, les cinq chats se précipitèrent sur elle en gémissant. Elle devina qu'ils avaient faim.

Avant toute chose, elle explora l'appartement pour chercher le corps d'Héléna. Elle la trouva dans son lit. Elle déduisit que la vieille femme était morte dans son sommeil. Elle confirma le décès, elle n'avait pas la possibilité de signer un certificat de décès, mais elle savait différencier un corps qui dort d'un corps mort.

Pour avoir vécu cette situation à plusieurs reprises, elle savait qu'un médecin du programme VHAD viendrait rapidement constater le décès et enclencher les démarches liées à la suite de la procédure.

En cette circonstance, elle savait ce qu'elle avait à faire : préparer l'évacuation du corps et des biens personnels de la défunte. Cela représentait une tâche importante.

Lors de son recrutement au sein du groupe VIVRE, elle avait reçu une formation spécifique. On lui avait notamment décrit toute la gamme de différents contrats avec une grande variété de prestations. Ces contrats réglaient aussi le devenir des biens du client quand, évidemment, il n'y avait pas d'héritiers.

Elle savait qu'Héléna avait fait un leg à la fondation de VIVRE, que ses meubles seraient revendus à une ressourcerie, également une filiale du groupe.

Elle évalua le temps qu'elle passerait à trier et ranger et le compara au temps forfaitaire qu'elle serait en droit de facturer. Elle en conclut qu'elle avait intérêt à se dépêcher si elle voulait gagner un peu d'argent.

La plupart des prestataires du programme VHAD, dont elle faisait partie, étaient des indépendants payés à la prestation. Les contrats étaient très détaillés et les marges de manœuvre très réduites. Elle avait un cahier des charges précis à respecter, sous peine de subir des décotes importantes. Elle travaillait selon une grille tarifaire précise, et le montant de ses prestations lui était payé tous les mois. Charge à elle de régler les cotisations sociales.

Les chats tournaient autour d'elle en miaulant d'un air plaintif. Elle aimait particulièrement les chats mais ceux-ci, elle les adorait. Ils étaient tous de races différentes : un Sibérien, un Maine Coon, un American Curl, un chartreux et un bleu russe.

Elle connaissait bien toutes les races de chats et possédait des livres qui les répertoriaient avec leurs histoires et leurs origines, leurs goûts, leurs caractères…

Elle se dirigea vers leur coin repas et ouvrit une boîte de croquettes qu'elle versa dans leurs gamelles.

Elle remarqua que l'odeur n'était pas la même que d'habitude mais, en voyant les chats se précipiter sur leur pitance, elle se dit que cette nourriture était à leur goût.

Héléna lui avait fait promettre de s'occuper de ses trésors après sa mort. Cindy lui avait répondu avec grâce tant elle les aimait et qu'elle voulait leur éviter la SPA, qui était le sort ordinaire des animaux des patients décédés.

De plus, comme elle n'avait pas la place dans son appartement pour les accueillir, elle les confierait à ses parents, qui lui avaient transmis le virus de l'amour des chats et qui n'avaient pas les moyens de se payer des matous de ce prix. Cindy estimait que les cinq chats d'Héléna valaient entre cinq et dix mille euros. Une belle somme !

Pourtant, elle n'envisageait pas une seconde de les revendre. Elle les voulait pour elle.

Elle commença par déplier les cartons et par les numéroter afin d'être prête à accomplir sa tâche quand le médecin serait passé. Elle en était à sa dixième boîte quand elle entendit le bruit de la sonnerie.

Neuilly – 25 février 2027 – 10 heures 30

Cyril se rendait le cœur serré chez Héléna. Il venait d'apprendre son décès via sa tablette qui l'en avait averti. Quand les signaux vitaux d'un patient cessaient, une alerte était automatiquement transmise à son médecin traitant.

Il se souvenait avoir régulièrement constaté le décès de patients morts depuis plusieurs jours, voire plusieurs semaines quand il exerçait en libéral. Même si cette procédure de contrôle des patients à distance pouvait sembler froide et déshumanisée, elle permettait d'éviter de laisser des cadavres se décomposer dans des appartements durant de longs mois. Il se souvenait même avoir vu dans la presse que des personnes avaient été découvertes plusieurs années après leur décès. Avec la généralisation des versements et des prélèvements automatiques, les contacts physiques n'étaient plus indispensables et, sans famille ni ami, on pouvait mourir chez soi, en toute discrétion.

Quand il sonna à la porte de l'appartement, il entendit des pas féminins se rapprocher pour lui ouvrir. La porte s'ouvrit et il se retrouva en présence d'une femme qui se présenta :

« Bonjour Docteur, je suis Cindy Laporte, je travaille pour le groupe VIVRE aussi. Je suis là ce matin pour l'intervention post-décès. Je suis chargée de l'organisation des démarches à effectuer et de la restitution du matériel. »

Elle était vêtue d'une surblouse et d'un masque lui recouvrant tout le visage, ce qui rendait impossible toute appréciation de la personne cachée derrière cette tenue. C'était malheureusement devenu la règle.

Cyril avait déjà rencontré ce type de prestataires, mais c'était la première fois qu'il voyait Cindy.

Leur intervention était comprise dans le contrat et permettait d'assurer la « fluidité » du service. Les pompes funèbres, les services de désinfection, le traitement des affaires personnelles, les démarches administratives : tout était prévu et modulable.

Avant la signature du contrat, et du vivant du client, une étude au cas par cas de la situation du patient était réalisée. Le cas le plus intéressant pour le groupe VIVRE était celui des patients sans famille. Comme personne n'était en possibilité de gérer la période qui suit le décès, un nombre important de services pouvait être facturé.

Héléna avait opté pour l'option premium plus.

Même s'il n'avait jamais eu l'occasion de lire ce type de contrat, Cyril savait qu'ils pouvaient gérer tous les services afférents à la vie quotidienne des clients : la location du matériel médical, le ménage, les courses, les produits d'hygiène et même, avait-il entendu, la litière et les aliments pour les animaux domestiques.

C'était, toujours selon les informations officieuses qui circulaient au sein du groupe VIVRE, un argument de vente décisif dans les négociations commerciales.

L'autre partie des contrats concernait la période qui suivait immédiatement le décès : le type de funérailles, la qualité du cercueil, le devenir des meubles et des autres objets, quelle qu'en soit la qualité.

Cyril essayait de deviner Cindy Laporte derrière sa tenue de travail. La quarantaine, fatiguée, plutôt ronde. Elle ressemblait beaucoup à certains de ses patients d'avant VIVRE.

Les médecins sont souvent les confidents de leurs patients. Il était donc au courant des difficultés que rencontrent les « premiers de corvée » dans leur vie quotidienne. Cette expression était née peu après l'arrivée de La Maladie pour désigner le personnel mal payé qui occupe des emplois indispensables mais dévalorisés.

Il savait que la fonction de Cindy s'exerçait sous un statut d'auto-entrepreneur, donc payé à la prestation à un tarif bas et non négociable. Il voyait à son empressement qu'elle était tenue d'assurer un rythme de travail élevé. De ce fait, elle ne chercha pas à entretenir la conversation. Elle avait déjà préparé les cartons qui seraient destinés à recueillir tous les objets personnels et les vêtements d'Héléna. Cyril remarqua des numéros, écrits au feutre noir, sur les côtés, sans doute un code permettant un traitement plus facile. L'appartement était destiné à se vider et à perdre son âme.

Elle lui demanda s'il était bien venu pour signer le certificat de décès. Il lui répondit par l'affirmative. Elle lui indiqua la chambre où se trouvait le corps, sans se souvenir qu'il connaissait les lieux.

Avant d'aller voir le corps d'Héléna, il lui demanda ce qu'il allait advenir de ses biens.

Cindy Laporte lui expliqua brièvement la destination de ses vêtements, de son mobilier et même de ses chats.

Ses vêtements et ses meubles seraient confiés à une entreprise d'insertion spécialisée dans la valorisation des textiles, qui disposait de magasins de mobilier d'occasion. Elle lui cita son nom et il se souvint que cette structure faisait aussi partie du groupe VIVRE.

Quant aux chats, ils étaient censés être confiés à la SPA. Elle ajouta, sur le ton de la confidence, que de si beaux chats pourraient être adoptés par une de ses connaissances. Après tout, ajouta-t-elle, ma mission est de libérer l'appartement des chats, mais personne ne me demande des comptes sur leur devenir.

Elle lui demanda ensuite s'il en avait pour longtemps, car elle devait préparer l'évacuation des affaires personnelles et du corps et qu'elle avait plusieurs autres rendez-vous à assurer aujourd'hui. Puis elle ajouta avec un sourire amer : « À quelqu'un malheur est bon, avec tous ces morts j'ai beaucoup de travail et je vais pouvoir avoir une fin de mois plus tranquille ».

Sans faire de commentaire, Cyril se rendit dans la chambre d'Héléna et effectua rapidement son travail : il s'assura que la vie avait quitté le corps d'Héléna et remplit sur sa tablette le formulaire *ad hoc* et l'envoya. Il récupéra aussi le collier et le désactiva. Les données d'Héléna seraient effacées et le profil d'un autre patient serait réinstallé par le service compétent au sein du groupe VIVRE.

Cyril examina le corps à la recherche de marques ou de traces susceptibles de l'aider à comprendre les causes du décès, mais il ne remarqua rien de particulier.

Depuis le début de la pandémie en 2020, La Maladie n'avait cessé d'évoluer. Les symptômes principaux avaient eux aussi changé : perte de l'odorat, trouble de la mémoire, problème d'érection pour les hommes. Les problèmes respiratoires n'étaient plus la cause principale des décès, d'ailleurs, dans les cas qu'ils rencontraient depuis ces dernières semaines, ce phénomène était secondaire. Les causes de la mort semblaient différentes. Il se demandait parfois s'il était en présence de la même maladie, mais comme sa mission se limitait à constater le décès, il ne croyait pas utile de se poser trop de questions.

Les dépouilles des patients étaient évacuées par le service de pompes funèbres et des analyses étaient réalisées, pensait-il, avant l'enterrement, sans qu'il soit informé des résultats de ces investigations.

Il se recueillit quelques instants devant le cadavre, et se remémora quelques moments passés avec Héléna.

Il sentit, en entendant le cliquetis des clefs de Cindy, que cette dernière avait hâte de partir. Il quitta la chambre et se dirigea vers la sortie. Il la salua discrètement en lui souhaitant une bonne journée et il se dirigea vers l'ascenseur.

Pendant le court instant de la descente de trois étages, il s'interrogea sur les circonstances de la mort d'Héléna.

Son état s'était dégradé brusquement après que l'alerte préalable de fragilité avait été donnée. Toutes les précautions prises n'y avaient rien fait. Ce n'était pas la première patiente à passer à travers les mailles du filet de la surveillance permanente.

Depuis quelques jours, il en signait un à deux par jour. Il ne comprenait pas trop pourquoi le nombre de morts grimpait à nouveau si brusquement.

Ses patients avaient été choisis comme premiers expérimentateurs du nouveau système de prévention de La Maladie. Du fait de leur ancienneté, une masse de données individuelles considérables avait pu être accumulée et rendait donc l'analyse prédictive plus fiable.

Cyril suivait les avancées de la médecine à travers la presse médicale, indéniablement plus fiable que la télévision. Il constatait, comme tous ses confrères, que les quatre premières années de la pandémie n'avaient apporté aucune certitude car tout ce qu'on avait prédit comme élément positif s'était révélé fragile : le virus ne faiblissait en aucune saison, l'immunité des personnes déjà atteintes restait incertaine, aucun traitement ne donnait des résultats probants. La seule certitude concernait le port du masque et le respect des gestes barrières.

On savait quand même que le virus était moins dangereux pour les moins de soixante ans, mais par peur d'une hécatombe liée à un excès d'optimisme, les scientifiques préconisaient le maintien de mesures sanitaires strictes, malgré un mouvement de révolte dans certaines catégories de population qui n'arrivait toutefois pas à se structurer. Certains travaillaient à la renaissance du mouvement des gilets jaunes, mais en vain.

Faute de mieux, la population s'était adaptée comme elle pouvait. Les masques suivaient la mode. On reconnaissait le milieu social ou le sentiment d'appartenance du porteur. On voyait des masques gothiques avec des têtes de morts, des masques BCBG Hermès ou Gucci, des masques écossais façon charentaise, des masques Beatles ou Rolling Stones, des masques rouges avec une faucille et un marteau…

Le programme VHAD et ses développements récents étaient arrivés à point nommé pour rassurer les Français sur le sort de leurs aînés. La généralisation en cours de ce dispositif devrait permettre de réduire les risques pour les personnes âgées avec l'objectif de ramener La Maladie au niveau de mortalité d'une banale grippe saisonnière.

Le système fonctionnait en apparence plutôt bien : dès que les signes d'une perméabilité au virus importante de l'organisme du patient étaient décelés, un processus d'isolement accentué était mis en place.

Les visites étaient alors strictement limitées aux intervenants professionnels qui recevaient eux-mêmes des consignes encore plus strictes. Les repas, par exemple, étaient fournis par le programme avec d'infinies précautions et l'application de normes d'hygiène renforcées.

En général et au bout de quelques jours, les voyants revenaient à l'orange puis au vert, et le patient pouvait retrouver ses habitudes alimentaires, ses petites sorties et les visites de sa famille ou de ses amis.

Il y avait eu quelques ratés mais assez rares au départ. Une analyse fine des incidents était faite au fur et à mesure. Dans un premier temps, on identifiait les problèmes éventuels de comportements. Le facteur humain pour ainsi dire.

Y avait-il eu des manquements aux consignes de sécurité ? Y avait-il eu des erreurs de comportements, des intervenants à domicile ?

Compte tenu de l'exhaustivité du dispositif de surveillance, l'origine du problème était souvent assez vite identifiée et des sanctions exemplaires étaient appliquées au personnel défaillant. Les clauses insérées dans le contrat de travail et la surveillance en temps réel des patients permettaient de licencier les intervenants inefficaces pour fautes graves sans trop craindre un recours aux prud'hommes. Pour les intervenants qui avaient opté pour le statut d'auto-entrepreneur, la résolution du problème était encore plus vite trouvée.

Dans un second temps, si aucune erreur humaine n'avait été identifiée, on révisait l'algorithme, on l'enrichissait avec les données spécifiques recueillies.

Cette procédure permettait d'améliorer le système assez rapidement et de le rendre de plus en plus fiable.

Sur les plateaux de télévision, les spécialistes étaient de plus en plus nombreux à se répandre en éloges, et le ministre de la Santé, du haut du nuage sur lequel il était perché, commençait à rêver à un destin éblouissant.

Les sondages, désormais quotidiens (nous étions à deux mois du premier tour de la présidentielle), étaient maintenant plus nettement en faveur du président sortant.

Toute cette réussite, bien mise en valeur par ailleurs, était une preuve que la start-up nation promise devenait réalité. L'idée de réduire les dépenses de santé tout en améliorant la vie des Français prenait corps.

Toutes ces histoires de moyens manquants, de personnel sous-payé, de fermetures abusives de lits, passaient au second plan. Un vent d'optimisme se levait et allait emporter les tenants d'un retour au passé.

Malheureusement, à partir du 10 mars, la situation se dégrada rapidement. La mécanique huilée qui semblait bien fonctionner se grippa.

Selon le protocole maintenant bien rodé, quand un risque d'infection à La Maladie était signalé par le dispositif, une prise en charge spécifique du patient était mise en place. Le taux de contamination devenait alors très faible et dans les rares cas de contamination, les failles ayant permis à la maladie de faire ses ravages étaient rapidement identifiées et corrigées.

Or, il arrivait de plus en plus fréquemment que le patient soit contaminé sans qu'une faille humaine ne soit mise en évidence ni que l'algorithme ne soit mis en défaut.

Les patients auraient dû ne pas être touchés, le personnel avait respecté scrupuleusement les consignes, aucun élément extérieur ne pouvait avoir interféré dans l'isolement strict mis en place.

La seule issue dans ce cas était la mort. Il avait en effet été convenu par le milieu médical qu'un traitement lourd à base de respiration artificielle était inutile, voire nuisible. Son seul effet aurait été de retarder la mort tout en occasionnant d'énormes souffrances.

Les familles des patients étaient informées de cet état de fait et les demandes d'acharnement thérapeutique étaient devenues très rares. Quand la maladie se déclarait chez une personne très âgée, elle faisait vite ses basses œuvres et les malades mouraient rapidement.

Au siège du groupe VIVRE, un tableau de bord graphique donnait sur grands écrans les résultats du jour et les tendances du moment.

Le 31 mars, il avait été désactivé et remplacé par des paysages bucoliques. Toutes les ressources intellectuelles avaient été mobilisées pour identifier les failles et les réparer au plus vite. Mais rien n'y faisait, le système devenait inopérant à prévenir et contrôler la maladie.

Les colères de Péllegrini, déjà nombreuses, redoublèrent de fréquence et de violence. Les menaces de licenciement fusèrent. Un recours massif aux cabinets extérieurs n'y changea rien.

L'énigme devant laquelle les responsables du projet étaient placés était la suivante : quelle était la faille dans le dispositif ? Comment se faisait-il que des patients hyper protégés soient contaminés ?

Ils avaient beau contrôler les algorithmes, vérifier les protocoles, renforcer le contrôle du personnel soignant… rien n'y faisait.

Au début, l'existence de cette faille resta bien gardée, mais des bruits commencèrent à courir dans les milieux dits informés. La direction du groupe VIVRE était régulièrement sollicitée en off et, pour l'instant, les propos rassurants de Péllegrini suffisaient à confiner cette nouvelle dans les milieux proches du pouvoir.

Les élections approchaient et la crainte d'un revirement de l'opinion commençait à poindre au sein du gouvernement. Des réunions très discrètes furent organisées pour, d'une part, accélérer la résolution du problème, et d'autre part, peut-être même anticiper la crise de confiance qui pourraient découler de la révélation au grand public de la faille du dispositif VHAD.

Pendant ce temps, bien qu'au cœur du problème, Cyril se contentait d'effectuer son travail au mieux, même s'il était préoccupé par la tournure des événements.

Il se sentait un peu impuissant, n'arrivait pas à identifier ce qu'il faisait mal et comptait les morts de plus en plus nombreux.

Cette préoccupation lui coûtait une partie de ses nuits de sommeil et même le piano de Keith Jarret n'arrivait pas à le détendre. Il se laissa tenter à nouveau par le plaisir compensateur du vin sans pour autant jamais atteindre l'ébriété.

Il commençait même à se dire que s'il était en couple, il pourrait trouver une oreille attentive, et un réconfort charnel. Le contact de la peau d'une femme commençait à lui manquer.

Il se dit que sa motivation n'était pas des plus nobles et ne s'en sentit pas fier.

De toute façon, il ne se voyait pas se remettre à draguer dans des lieux faits pour ça. Mais au fait, y avait-il encore des lieux de rencontre ? Il ne s'était pas posé la question depuis longtemps.

Ce qu'on appelle pudiquement le monde de la nuit avait beaucoup souffert des mois de restrictions des contacts humains, ces mois d'abstention et de frustration avaient laissé des traces indélébiles dans les comportements.

Le port du masque uniformisait les visages et laissait aux seuls yeux le soin d'exprimer les sentiments.

Pas évident dans ces conditions de lire ce que ressent l'autre et de lui communiquer ses émotions. Même dire merci à un passant qui vous laisse passer devant lui dans une file était compliqué car les masques atténuent les sons qui sortent de la bouche et masquent les sourires.

Ce n'était pas dans ses habitudes de draguer dans les lieux publics, et il ne se sentait pas concerné par ces évolutions comportementales. Mais il eut soudain de la compassion pour les dragueurs impénitents, les rois de ta tchatche et de la séduction de rue.

Les grands gagnants de cette période avaient été les sites de rencontres qui affichaient leur mode opératoire ciblé sur les murs et sur les écrans.

On assistait même, d'après les médias, au retour de l'amour virtuel. Il n'avait pas approfondi le sujet mais comme les rubriques « tendances actuelles » fleurissaient sur les chaînes d'information continue, il en avait entendu parler.

Il ne se sentait pas assez seul pour ouvrir un compte sur meetic ou une de ses filiales, mais il se disait que, si une occasion se présentait, il la saisirait, juste pour voir.

Il savait que l'offre de femmes seules dans sa tranche d'âge (il ne se voyait pas essayer de plaire à une jeune femme de vingt ans de moins que lui) était pléthorique. Il ne savait pas pourquoi, mais les femmes seules avec une situation professionnelle stable, un physique agréable et sans trop de névroses étaient nombreuses. Un de ses copains, qui fréquentait régulièrement les sites de rencontres, lui affirmait souvent qu'il était bien bête de ne pas y aller, car il avait toutes ses chances.

Il n'avait envie ni de devenir chasseur ni de se vendre à travers le portrait d'un homme idéal. Il avait mis du temps à s'accepter comme il était et à ne pas essayer de donner aux autres une image de lui qui soit conforme à leurs attentes.

Il se sentait libre et cette liberté avait un prix, surtout les soirs de déprime après une journée de travail morbide.

Dans ces cas-là, fréquents depuis quelques semaines, il repensait à celles qu'il n'avait pas su séduire, ou pas osé séduire. Il se rejouait une adaptation personnelle du poème d'Antoine Paul mis en musique par Georges Brassens. Après tout, on a tous des passantes dans un coin de notre mémoire.

# Chapitre VII

6 mars 2027, dans un bouchon sur le périphérique parisien – 8 heures 15

Cyril avançait lentement dans l'embouteillage quotidien qu'il partageait avec des milliers d'automobilistes en écoutant la radio.

Comme tous les matins, il avait consulté son agenda électronique mis à jour par le siège qui lui indiquait le nom des patients du jour et d'éventuelles informations utiles à ses consultations.

Avant chaque rendez-vous, il devait, en outre, consulter le tableau de bord du patient qui lui donnait une batterie d'indicateurs susceptibles de faciliter et accélérer sa consultation.

Sa direction lui avait bien précisé lors de sa prise de poste que la réussite du programme résidait dans son efficience, sous-entendu, dans le nombre de patients consultés en une journée.

Il était même intéressé, dans le sens où son salaire comprenait une part variable liée à la réalisation d'objectifs quantitatifs (ouf, le nombre de décès n'avait pas été considéré comme un indicateur pertinent).

Son téléphone professionnel sonna. « Merde je vais rater l'éditoriale politique de Frédéric Seys », pensa-t-il.

Il regarda son tableau de bord, qui lui indiquait que l'appel venait du travail, plus exactement de l'assistante du big boss. C'est la première fois que ce dernier entrait en contact avec lui depuis qu'il avait rejoint le groupe VIVRE.

Il décrocha. Une voix féminine lui dit :

« Allo, Cyril ? »

Il répondit :

« Bonjour, oui, dit-il avec un ton circonspect. »

C'était Aicha Leblanc, l'assistante personnelle de Jean-Louis Péllegrini :

« Je suis désolée de te déranger, mais il va y avoir un petit changement de programme dans ta matinée : JL (cela semblait trop cool pour Aicha de montrer sa proximité avec le patron en l'appelant par ses initiales) voudrait te voir. C'est important. Tu peux être au siège à 10 heures ? »

Elle continua :

« Ne t'inquiète pas JE m'occupe de déplacer tes rendez-vous. »

L'instance qu'elle a mise en prononçant « JE » était là pour lui montrer à la fois son sens des responsabilités, sa bienveillance et l'importance vitale de son changement d'emploi du temps.

Cyril ne sut pas trop quoi répondre et il se contenta d'un :

« OK, c'est bon j'y serai. »

Elle le remercia du bout des lèvres (l'idée que l'on puisse se soustraire à une demande de JL ne rentrait pas dans les options envisageables).

Il prit la première sortie et repartit dans l'autre sens, vers le siège situé à Nanterre.

Tout le temps de la route, à peu près quarante-cinq minutes, il se demanda ce qui nécessitait un tel honneur ou une telle défaveur. La plainte de patients ? Des résultats quantitatifs insuffisants ?

Cela n'était pas du ressort de JL (mince, il s'était laissé prendre au piège du cool en entreprise), il devait s'agir d'autre chose.

Il se gara dans le parking situé au sous-sol du siège du Groupe VIVRE. Son arrivée avait été annoncée au gardien du parking qui leva la barrière après avoir identifié la plaque d'immatriculation de son véhicule.

Il stationna sur un emplacement réservé aux visiteurs et se dirigea vers l'ascenseur non sans avoir au préalable mis un masque.

L'ascenseur, d'une contenance habituelle de huit personnes était limité à quatre passagers. Une femme était postée devant la porte en métal et observait le chiffre rouge indiquant le numéro de l'étage où se trouvait la cabine.

Il la salua discrètement. Il ne s'habituait pas à l'impossibilité de lire l'expression du visage de son interlocuteur à cause du masque devenu un accessoire indispensable. Elle lui répondit de la même manière. Quand l'ascenseur arriva, il demanda à quel étage elle allait et elle lui répondit : « Le cinquième. »

Tout le temps du court voyage vertical, il se cala dans un coin de la cabine afin de laisser une distance maximale entre elle et lui. Ce genre de comportement était devenu une règle de courtoisie élémentaire depuis la révolution comportementale qui s'était produite après le mouvement Me too. Il ne se sentait pas pour autant opprimé en tant qu'homme. Il considérait que c'était un juste rééquilibrage dans les rapports homme-femme.

Lui aussi allait au cinquième étage. Il la laissa descendre la première. Elle se dirigea vers l'accueil de l'étage. Cyril la suivit à distance, à la fois pour des raisons sanitaires et de courtoisie.

Elle annonça à la préposée de l'accueil qu'elle venait pour une réunion avec M. Péllegrini.

La chargée d'accueil le regarda aussi et lui demandait si lui aussi venait pour cette réunion. Il lui répondit par l'affirmative.

Elle leur dit qu'elle allait prévenir Madame Leblanc, qui viendrait les chercher.

Elle demanda leurs noms et décrocha son téléphone. Ils entendirent Aicha Leblanc lui dire :

« Parfait je viens les chercher. »

La préposée à l'accueil leur sourit en disant :

« Madame Leblanc arrive, vous pouvez vous asseoir si vous le désirez. »

Il resta debout comme à son habitude. La femme de l'ascenseur, qui s'appelait Imma Delgado, si ses oreilles ne l'avaient pas trahi, prit un siège isolé et consulta son smartphone d'un air inspiré.

Cela laissa à Cyril l'occasion de l'observer. Elle était vêtue d'un jean et d'une veste assortie. Il ne reconnut aucun uniforme habituel, ni celui de « l'exécutive woman », ni celui de la visiteuse médicale.

Aïcha Leblanc ne tarda pas. Cyril entendit un pas rapide se rapprocher et elle les rejoignit avec un sourire convenu et professionnel que même son masque ne pouvait dissimuler.

Elle les salua de la tête en les remerciant de s'être rendus disponibles aussi vite.

Elle les invita à la suivre vers une salle de réunion ouverte à quelques pas de là.

La salle pouvait contenir plus de vingt personnes mais cinq cavaliers avaient été disposés pour que les participants soient identifiés et qu'ils se positionnent à bonne distance les uns des autres. Il repéra son nom et, juste en face, celui de sa compagne d'ascenseur qui s'appelait bien Imma Delgado.

Un cavalier était prévu à la place du président de séance au nom de Jean-Louis Péllegrini, et deux autres aux noms de Éric Carpentier et Michael Florette, sans autre précision.

Aïcha les regarda et il ressentit une espèce de gêne dans son regard. Elle toussota et s'adressa à eux deux :

« Je suis désolée, mais je vais devoir vous demander une chose inhabituelle. Pouvez-vous me confier vos portables ? Compte tenu de la nature de la réunion, M. Péllegrini m'a demandé de garder vos portables afin qu'il ne puisse y avoir aucune fuite. »

Elle était visiblement gênée et peu habituée à une telle démarche.

Il faut dire que depuis que le smartphone était devenu un appendice naturel de chaque personne, il était difficile de garder des zones de confidentialité dans sa vie.

Plus possible pour un flic de tabasser un Arabe, pour un mari de tromper sa femme, pour un candidat à une élection de draguer sur internet sans se faire prendre.

Cyril ferma son smartphone et le posa dans le panier que lui tendait Aicha. Imma Delgado fit de même avec un sourire narquois qui semblait dire : « La confiance règne ».

Une fois les portables mis sous séquestre, elle ouvrit une pochette et sortit deux documents identiques. Elle en tendit un à Imma et un à Cyril.

« Pourriez-vous lire et signer ces documents s'il vous plaît ? »

Cyril lut l'en-tête : engagement sur l'honneur de confidentialité.

Il parcourut le document qui ne comportait pas de clauses particulièrement drastiques et le rendit à Aicha. Imma Delgado en fit autant.

Le portable d'Aicha sonna, c'était l'accueil qui l'informait que deux personnes venaient d'arriver.

Elle sortit rapidement, frappa à la porte d'un bureau qui semblait être celui de JL, lui dit : « Tout le monde est arrivé. », et se rendit tout de go à l'accueil pour aller chercher ceux qui, de toute évidence, devaient être Éric Carpentier et Michael Florette.

Ces deux derniers entrèrent en allant directement poser leurs portables dans le panier destiné à cet usage, signe qu'ils semblaient bien au courant des protocoles de sécurité en cours dans la maison.

Ils saluèrent Cyril et Imma de loin, selon la coutume installée depuis deux ans. Fini les bises, fini les poignées de main viriles, le monde professionnel s'était aseptisé à l'anglo-saxonne.

Cyril ne le regrettait pas car il n'avait jamais été pro bises et avait trop souvent vu des hommes de pouvoir profiter de cet instant de fraternisation pour égarer leurs mains dans des zones habituellement réservées aux caresses amoureuses, abusant ainsi de leur pouvoir hiérarchique.

Jean-Louis Péllegrini fit son entrée et alla s'asseoir sur le fauteuil qui lui était réservé en saluant mollement les participants.

Cyril ne l'avait pas vu souvent, et toujours à des occasions publiques ; vœux au personnel, assemblées générales statutaires ouvertes aux salariés, réunion publique de lancement officiel du dispositif VHAD.

Il ne l'avait jamais vu d'aussi près. Il ne lui trouvait pas la mine rayonnante habituelle. Cet homme possédait un charisme incroyable et un culot monstre qui lui avaient permis de construire un empire en quelques années.

Enfant de l'assistance publique, il était passé d'éducateur de rue à dirigeant d'un grand groupe sanitaire et social, en une décennie. Cyril pensa à la fameuse réplique de Lino Ventura, écrite par Audiard, dans *Les Tontons flingueurs* : « Les cons, ça ose tout, d'ailleurs, c'est à ça qu'on les reconnaît ».

Péllegrini était la preuve de l'inanité de cette formule, par ailleurs très drôle. Il avait tout osé sans être le roi des cons pour autant. On pouvait plutôt lui appliquer la stratégie de De Gaulle en arrivant à Londres en 1940 : je suis seul et je ne représente rien, donc, pour exister, je dois affirmer que je suis LA France. Et ça avait marché.

Ça avait marché pour les deux d'ailleurs. Péllegrini n'avait pas d'argent à investir, il a donc vendu ses bonnes intentions, ses savoir-faire indéniables, son « approche terrain » et son mépris des conventions. Il a, en tout état de cause, bénéficié d'un a priori favorable en étant hors des réseaux traditionnels de l'action sociale.

Cyril avait un peu fréquenté le monde de l'action sociale et de la solidarité en général et savait que les discours généreux cachaient quelquefois des pratiques peu efficaces et des jeux de pouvoir peu glorieux. Certes, ce secteur d'activité reposait sur l'engagement sans failles de bénévoles et de salariés irréprochables, mais les egos et les ambitions personnelles y étaient présents autant qu'ailleurs.

Deux expériences lui avaient permis de forger cette opinion un peu tranchée.

D'abord une conversation glanée dans un restaurant entre deux militants actifs d'un ordre caritatif hérité des croisades, le lendemain d'une journée mondiale de la lèpre :

« Hier, on a complètement largué la Croix Rouge en termes de collecte de dons. Bien fait pour cette bande de cul-terreux dégénérés. »

Une autre fois, dans un colloque sur les soins médicaux pour les défavorisés, il s'était retrouvé à table avec une présidente d'association communale de secours aux défavorisés qui avait passé tout le déjeuner à conspuer l'implantation d'une antenne des Cantines du Cœur, et à expliquer sa stratégie d'empêchement.

Jean-Louis Péllegrini ne se situait pas sur ce terrain-là. Il ne parlait pas de public défavorisé, de politique publique, d'action sociale. Il raisonnait en termes de marché, de positionnement stratégique, de marge, de retour sur investissement, de rentabilisation du capital investi. Il s'était entouré de jeunes gens brillants issus de grandes écoles, tous gestionnaires efficaces.

Il savait aussi convaincre les élus locaux du retour politique généré par ses programmes. Ces derniers étaient en tout état de cause souvent contents d'échapper aux acteurs traditionnels de l'action sociale, pour qui la notion de réalisation d'objectifs en termes de personnes sorties de la misère était particulièrement incongrue.

De plus, ces réseaux avaient tissé leur toile au sein des partis politiques traditionnels, qui depuis quelques années, perdaient leur ancrage territorial. De fait, les mouvements associatifs perdaient leurs soutiens locaux.

Après avoir regardé chaque participant en les saluant d'un geste de la tête, Péllegrini prit la parole avec un ton grave. Il sacrifia le traditionnel tour de table et entra tout de suite dans le vif du sujet :

« Merci de vous être mobilisés si vite, mais nous savons tous que la situation est grave, surtout dans le contexte politique actuel. »

Péllegrini fit un point sur la recrudescence du virus dans la population de personnes âgées accompagnées par le programme VHAD. Il présenta quelques graphiques qui indiquaient bien que la situation se dégradait fortement. Il indiqua aussi que les personnes accompagnées par VIVRE étaient les plus touchées.

Il précisa que cette dégradation arrivait après une période d'embellie de plusieurs mois qui laissait espérer un progrès durable et une sortie de crise. Durant quelques semaines, la mortalité était retombée à un niveau proche de zéro.

« Pour l'instant, nous arrivons encore à calmer le jeu et à dissimuler la hausse sensible de la mortalité parmi les personnes âgées que nous accompagnons. Cela risque fort de ne pas durer. Malheureusement, le prix politique de ce revers risque d'être incommensurable. Un basculement du pays dans l'inconnu et l'arrivée au pouvoir d'un dangereux populiste est possible. Dans l'état actuel de l'opinion, rien n'est à exclure. Les sondages sont très serrés. La situation sanitaire reste incertaine et pèsera de tout son poids sur le résultat. Grâce à Éric et à Michael, je suis en contact avec le ministre de la Santé et le plus haut sommet de l'État, et je dispose d'informations précises et confidentielles sur ce sujet ».

Cyril en déduisit qu'Éric travaillait pour l'Élysée et Michael pour le ministère de la Santé :

« J'ai demandé à Monsieur Agopian et à Madame Delgado de se joindre à nous car ils auront chacun un rôle spécifique à jouer dans le projet, objet de la présente réunion. »

Cyril se dit qu'il ne savait toujours pas qui était cette Imma Delgado.

Péllegrini continua :

« Pour être franc avec vous, l'heure n'est plus à la tergiversation et nous sommes en situation de devoir prendre des risques. Ce que je viens de vous dire a été validé au sommet de l'État. Je vais vous expliquer la nouvelle stratégie que je propose d'adopter avec, comme je vous l'ai précisé, l'accord du très haut lieu. »

Il avait dit sa dernière phrase en regardant Éric d'un air entendu. Cyril se demandait s'il n'y avait pas aussi un peu de : « J'ai accès directement au Président, tiens-le-toi pour dit. » Il prit sa respiration et continua :

« J'y pense à l'instant, peut-être que nous pourrions retirer nos masques ? Je pense que le volume de la pièce et les fenêtres grandes ouvertes nous permettront de travailler dans des conditions de sécurité acceptables. »

Tout le monde retira son masque à la suite de Péllegrini qui avait joint le geste à la parole. Cyril en profita pour jeter un coup d'œil rapide sur les visages des trois inconnus.

Florette et Carpentier avaient des visages assortis à leurs costumes : glabres, légèrement bronzés, sereins, sûrs d'eux et de leur importance.

Ils semblaient avoir tous deux autour de la trentaine, âge idéal pour ce genre de poste : plus un perdreau de l'année, pas encore un pré-senior.

Imma Delgado avait quant à elle un visage particulier et plein de contradictions ; à la fois sûr et fragile, sophistiqué et naturel, souriant et concentré. Une drôle d'énigme, mais Cyril préférait les êtres difficiles à lire. Il trouvait particulièrement ennuyeux de tout deviner d'une personne au premier regard.

Le big boss reprit la parole sans même avoir reçu l'assentiment, même tacite, de son auditoire :

« À ce stade, nous sommes persuadés que les failles du système sont liées à un élément exogène non pris en compte pour l'instant. Les nombreuses vérifications effectuées nous ont confortés dans l'idée que toutes nos mesures sont bonnes et que nos analyses sont justes. La raison des défaillances est à chercher dans l'environnement du patient. »

Tout ceci était dit avec une assurance qui tranchait avec le propos préliminaire mais qui n'aurait supporté aucune contradiction. Il ne s'arrêta pas :

« La faiblesse de notre système réside dans notre impossibilité à prendre en compte les données liées à l'environnement du patient : la lumière, la qualité de l'air, le programme télé, le type de musique écoutée, la position de la lune… que sais-je encore ? Nous allons donc changer totalement d'approche. »

Il se tourna vers Imma Delgado, qui semblait tout ouïe et plus encore, en mode éponge. Cyril devinait en elle des radars sensoriels puissants, et imaginait son cerveau en suractivité.

Péllegrini reprit :

« Il est temps pour moi de vous présenter Imma Delgado. Imma et moi nous connaissons depuis quelques années. Depuis qu'elle a fait son stage de master II ici. Enfin, je ne sais plus si à l'époque on disait déjà master II ou si on appelait encore la cinquième année de fac le DESS. Je l'avais accueillie dans le groupe VIVRE, qui à l'époque était une petite structure. Elle m'a ébloui par la pertinence de ses analyses et l'originalité de sa pensée. En fait, elle prenait toujours le contrepied de ce que je disais et me démontrait chaque fois que mon point de départ était fragile. Cela avait le don de m'agacer, je peux lui avouer maintenant, même si je suis à peu près sûr qu'elle s'en rendait compte et qu'elle s'en amusait. Depuis, elle a mené une carrière que l'on pourrait qualifier de riche et diversifiée, avec un regard positif. On pourrait aussi dire qu'elle a un gros problème d'intégration dans le monde du travail et que son franc-parler et l'originalité de ses prises de position font d'elle le cauchemar des supérieurs hiérarchiques un peu rigides. »

Tous les regards s'étaient tournés vers elle et Cyril devinait derrière son visage, presque impassible, un sentiment de revanche et une satisfaction tranquille. Péllegrini reprit :

« Cette inadaptation au système dominant d'organisation interne des entreprises l'a poussée à créer son cabinet de conseils spécialisés dans la résolution de problèmes insolubles. On fait appel à elle pour sa capacité à prendre les problèmes à l'envers des méthodes habituelles. Vous l'avez compris, je vais confier à Imma le soin de reprendre l'analyse du problème à zéro, de tout regarder avec son œil si particulier et d'identifier la faille. Elle a déjà commencé son travail et passé sur son grill tous les acteurs internes du programme. Elle m'a fait remarquer fort justement que son travail ne pouvait être complet sans informations sur le vécu des patients. »

Il se tourna vers Cyril et ajouta :

« D'où la présence de Cyril Agopian parmi nous ce matin. Cyril est médecin et suit, dans le cadre du programme, de nombreux patients. Il est l'un des premiers généralistes à avoir intégré VHAD et a fait preuve d'une implication sans faille. »

Cyril ressentit ce compliment avec une certaine méfiance mais sans un certain plaisir. Il sentit sur lui le regard de Imma qui semblait lire en lui comme dans un livre ouvert :

« C'est lui qui pourra renseigner Imma sur ce qu'il constate lors de ses visites et c'est elle qui identifiera l'élément clé qui nous manque. Cette procédure m'a été proposée hier soir par Imma et je remercie encore Cyril de s'être libéré si vite. »

Il se tourna vers ce dernier et lui demanda s'il se sentait prêt à collaborer avec Imma Delgado en toute transparence.

Cyril répondit automatiquement par l'affirmative. D'abord, il n'imaginait pas que l'option du refus soit possible. Ensuite, cette nouvelle orientation lui semblait féconde et il avait très envie de contribuer à la résolution du mystère.

Cyril demanda des précisions sur le *modus operandi*. Il aimait de temps en temps utiliser des locutions latines pour affirmer son opposition à la généralisation des termes anglais. Il avait tout de même conscience de la puérilité ce cette démarche.

Péllegrini lui répondit, avec un ton qui pouvait presque passer pour des excuses, qu'il devait se mettre à la disposition de Imma dès la fin de la réunion et réaffirma qu'il n'y avait pas une minute à perdre, car la résolution du problème primait sur toute autre considération.

Florette demanda la parole et demanda à Imma quelques détails sur son cursus et ses diplômes. On sentait implicitement qu'il avait une grille de valeurs dans sa tête, qui plaçait Polytechnique en tête et Sciences Po Paris en fin de peloton. Il était sans doute issu de cette petite frange de la population, sortie des cinq écoles qui trustent les postes importants. « Mais ne tombons pas dans le populisme », pensa-t-il.

Imma Delgado répondit sans se démonter qu'elle ne désirait pas répondre à cette question, et que si M. Péllegrini lui faisait confiance, elle n'avait pas à justifier ses compétences auprès de quiconque.

Elle affirma cela avec un calme et une force qui tranchait avec une petite voix de princesse de dessin animé.

Florette, très surpris de cette réponse, s'apprêtait à la relancer quand il sentit le regard ferme et souriant de Péllegrini qui lui disait : « Laisse tomber, tu vas te couvrir de ridicule. »

De ce fait, il s'adressa de nouveau à Imma et lui dit bredouillant :

« Désolé de ma curiosité déplacée, la confiance que M. Péllegrini vous accorde est le meilleur CV qui soit. »

Péllegrini lança un regard circulaire inquisiteur pour vérifier que la procédure exposée n'appelait pas de contestation ou de demandes de précisions.

Il prit un air solennel et reprit la parole :

« Je vais en venir maintenant au point le plus délicat de la réunion, le plus sensible, le plus confidentiel. »

La qualité du silence changea. Il laissa passer quelques longues secondes et reprit :

« Pour aider Imma et Cyril dans leur mission, nous allons devoir faire une petite entorse aux procédures habituelles. Vous avez, en entrant dans cette pièce, laissé vos portables et signé un engagement de confidentialité, et vous allez comprendre dans quelques instants la raison de ces précautions. Avant de continuer, je vous précise que si l'un d'entre vous désire quitter la réunion et ne pas entendre ce que je vais dire maintenant, il est libre de le faire. »

Cyril s'interrogea sur l'emploi de l'expression « l'un d'entre vous ». Cela voulait-il dire que Imma savait ce qu'il allait dire et qu'elle en assumait les conséquences ? S'agit-il de l'application de la règle de grammaire qui affirme que le masculin l'emporte au pluriel ?

Il ne trouva pas de réponse. Il s'interrogea quelques secondes mais la curiosité et l'envie d'en finir étaient trop fortes. Il se tut et affirma d'un signe de tête son accord explicite.

Florette et Carpentier eurent la même attitude et Imma ne bougea pas non plus. Péllegrini reprit avec une certaine gravité :

« Le collier que portent les patients en est à sa troisième version. Les deux premiers modèles ne captaient que des données biométriques. Dans le dernier modèle, le 3.0 qui est en cours de déploiement, nous avons intégré une petite caméra et un micro qui restent pour l'instant inopérants. »

Cyril venait de comprendre la signification de 3,0. Il sourit intérieurement.

« Le collier que portent les patients n'est donc pas à ce jour exploité au maximum de ses possibilités. Nous pourrions dès à présent filmer et enregistrer l'environnement des patients, ce qui nous apporterait une mine incommensurable de renseignements. Vous vous demandez sans doute pourquoi l'avoir installé et ne pas l'utiliser. La réponse est assez simple : par peur de l'accusation d'être des “big brothers”. Vous savez tous que la notion de liberté individuelle, de droit à l'image et de droit à l'oubli est devenue un sujet très polémique. Activer la caméra et rendre officielle et publique cette fonction aurait provoqué un tollé, des polémiques médiatiques à n'en plus finir. Les circonstances ont changé et maintenant, nous n'avons plus vraiment le choix : il nous faut activer les caméras et nous recueillerons des données qui nous permettront de progresser. Enfin, nous avons bon espoir d'y arriver. Nous assumons de toutes les façons les risques politiques et légaux. J'ai confié à un avocat l'analyse du risque juridique, nous en saurons plus rapidement. J'ai aussi mandaté une équipe spécialisée dans l'analyse des données vidéo pour nous pondre un processus d'analyse de l'environnement des patients afin de gagner un maximum de temps dans le traitement de ce problème. »

Péllegrini se tut afin de laisser circuler la parole à la suite à cette révélation pour le moins fracassante.

Carpentier se lança le premier :

« Vous nous avez affirmé que vous aviez le soutien du plus haut lieu, ce soutien concerne la totalité de ce que vous venez de nous dire ? »

Péllegrini lui répondit calmement en pensant ses mots :

« J'ai vu le Président en tête à tête. Aucune trace de cette conversation n'a été conservée. J'ai son accord oral. Pas plus, pas moins. Si vous voulez que je vous fasse part de mon analyse, la voilà : si on ne résout pas le problème, il perdra. Si on le résout, il peut gagner et retrouver son immunité pour sept ans. Dans sept ans, de l'eau aura coulé sous les ponts et il ne pourra de toute façon pas briguer un quatrième mandat. »

Il sentit qu'il venait de sortir des clous et transgresser une règle du politiquement correct.

Il tenta d'atténuer ses propos en affirmant qu'il s'agissait d'une analyse personnelle qui n'engageait que lui et, qu'évidemment, le

Président n'avait rien affirmé de tel. Il s'était juste mis à sa place en raisonnant comme lui l'aurait fait dans de telles circonstances.

Cette réponse entraîna un léger malaise vite contenu. Imma, qui en savait sans doute plus que les autres, ne fut pas surprise. Les deux membres de cabinets étaient habitués à ce type de raisonnement cynique. Évidemment, on n'exprimait jamais aussi brutalement les choses, mais ce type d'analyses trottait régulièrement dans la tête des experts en stratégie politique.

Cyril, quant à lui, prit l'ensemble de ces révélations comme un coup de poing à l'estomac.

Il regretta d'avoir accepté d'entrer dans le processus en cours mais se rendit compte immédiatement que sa main était dans l'engrenage. Il ne se sentait pas du tout devenir un acteur de la campagne de la réélection du président actuel.

Il se promit d'analyser tout cela à froid pour en estimer les conséquences à court et moyen termes sur sa vie.

Péllegrini regarda Imma et lui dit du regard : « Vas-y c'est à toi maintenant. »

Elle prit une respiration et se lança :

« Jean-Louis vient de nous faire un exposé exhaustif de la situation et je pense que nous avons tous les éléments pour appréhender au mieux la situation. Je partage la manière dont Jean-Louis a exprimé les choses et je peux vous assurer de mon engagement total dans cette mission. À titre personnel, je n'ai pas envie de voir notre pays tomber aux mains de dangereux aventuriers et je me mets entièrement au service de la cause. »

Cyril fut surpris du ton ce cette intervention qui ne cadrait pas trop avec l'image que Imma donnait d'elle, enfin de l'image qu'il percevait d'elle *a priori*.

Elle continue sur sa lancée :

« J'ai pour ma part déjà des pistes d'explorations nouvelles que je compte bien creuser avec la collaboration pleine et entière du Docteur Agopian. »

Elle se tourna vers Cyril avec un regard évaluateur voire inquisiteur.

Il ne se sentit pas trop à l'aise face à ce regard déstabilisant. Il eut l'impression que son attitude était jaugée par les quatre participants. Il prit la parole, ne trouvant pas opportun de rester muet :

« Vous pouvez compter sur moi. Je ne sais pas encore ce que vous allez me demander concrètement mais j'imagine que vous avez obtenu de M. Péllegrini ma mise à disposition pleine et entière. »

Il ne fut pas satisfait de cette réponse un peu trop lisse et il compléta son intervention :

« J'ai aussi très à cœur la résolution du problème, je vois mourir les victimes du virus tous les jours. Il serait temps que cela cesse, après tout, c'est cela qui est important. »

Il n'était pas mécontent de sa dernière phrase. La réélection du président actuel ne lui semblait pas être l'enjeu essentiel contrairement à ce que les propos de Péllegrini, Florette et Carpentier laissaient entendre.

Il sentit dans le regard de Imma une lueur d'approbation tacite et il s'en réjouit.

L'essentiel étant maintenant acté, ils discutèrent ensuite de la manière dont le travail allait s'organiser. Ils tombèrent d'accord sur la mise en place d'un comité de pilotage informel qui ne donnerait lieu à aucun compte rendu ni aucune trace dans les agendas.

Ils fixèrent la date de la prochaine réunion au 15 avril.

# Chapitre VIII

Paris, le 20 mars 2027

Depuis quelques jours, Cyril se rendait deux fois par semaine au bureau d'Imma Delgado pour travailler avec elle sur l'identification de pistes nouvelles d'explication de la mortalité des patients sous haute surveillance.

Les débuts avaient été un peu froids essentiellement du fait de l'attitude de Cyril qui ne savait pas trop comment se comporter avec une inconnue. Imma était, de surcroît, vraiment différente des femmes qu'il avait pu rencontrer auparavant. De plus, il était franchement déstabilisé par l'attitude et les propos d'Imma. Il ne savait pas trop comment se comporter face à ses changements de ton incessants et hésitait toujours sur le degré d'interprétation de ses propos.

Peu à peu, les choses s'étaient détendues, surtout après une mise au point de Imma :

« J'ai appris quelques petites choses dans ma vie, en particulier un principe de base : on ne peut travailler sérieusement avec une personne ou un groupe que quand on desserre sa cravate et qu'on abandonne son costume social.

« Je sens que vous pouvez être moins cul serré que depuis le début de nos séances de travail alors lâchez-vous, je dirais même plus, lâche-toi un peu Cyril, nous sommes condamnés à nous voir souvent, autant que ce soit dans les meilleures conditions possibles. »

Il se demanda si le « je dirais même plus » était une trace de tintinophile ou un hasard.

Pour lui faire comprendre qu'il avait reçu le message et lui montrer qu'il pouvait aussi avoir des propos distanciés, il lui répondit :

« OK, tu es Dupon T ou Dupon D ? »

Elle sourit, preuve qu'elle avait une connaissance minimale du monde de Tintin et qu'elle sentait que son message était passé. Cyril vécut ce moment comme une délivrance. Elle l'avait aidé à sortir de son carcan de timidité et de manque de confiance en soi.

Concrètement, durant leurs réunions de travail, ils visionnaient des images prises par la caméra intégrée dans le collier et retraitées. Ils s'évertuaient à trouver des éléments d'explication dans ce qu'ils voyaient sur les trois écrans qu'ils visionnaient en simultané.

Il y avait de nombreux échanges avec l'équipe d'analyse et de compilation des données filmées, et c'est Imma et Cyril qui orientaient leurs recherches en fonction de leurs déductions ou de leurs intuitions.

Les problèmes de droit de captation et d'utilisation des images avaient été résolus par l'avocat mandaté par Péllegrini. Ce dernier avait affirmé que Imma et Cyril pouvaient travailler dans une sécurité juridique relativement confortable, et Cyril avait pris le parti de le croire, sans doute par facilité.

Ce juriste avait bâti une stratégie de réponse à une éventuelle attaque de patients ou d'ayant droit, en s'appuyant sur la jurisprudence Google et Facebook. En effet, ces deux géants américains avaient gagné le droit de garder, d'exploiter et de vendre les données recueillies auprès des utilisateurs de leurs services. À partir du moment où le patient avait signé le contrat, il n'avait plus rien à dire.

Sur cette base juridique, VIVRE avait donc le droit de recueillir et d'exploiter tout ce que son matériel lui permettait d'enregistrer mais aussi de vendre ces données, du moins jusqu'à preuve du contraire.

Imma passait beaucoup de temps seule à visionner des images et à sélectionner des passages potentiellement intéressants. De son propre aveu, elle entendait beaucoup de bruits de ronflements mélangés au son des séries américaines, voire allemandes, des années quatre-vingt. Ces séries diffusées des dizaines de fois dont on voit rarement la fin tant elles sont propices à l'endormissement.

Elle travaillait avec implication mais tout en tenant des propos distanciés sur les personnes qu'elle observait.

Imma engrangeait ces informations dans un grand silence, ses yeux bruns flottaient dans le vide. Cyril se demandait parfois si elle était avec lui durant quelques secondes, puis brusquement, elle posait une question pertinente.

Globalement, il n'avait pas l'impression que leur travail avançait. Rien de précis ne se dégageait de leurs séances de visionnage.

Ils portaient une attention particulière aux éventuelles visites non autorisées que les patients pouvaient recevoir. Elles étaient rares car même les livreurs de produits surgelés ou de laine à tricoter étaient bien protégés et restaient, de toutes les façons, un très court laps de temps, productivité oblige.

Malgré ce surplace, Imma faisait toujours montre d'un certain optimisme feint ou sincère. Cyril ne la connaissait pas assez pour deviner la vérité.

Il lui arrivait de formuler des hypothèses farfelues, auxquelles elle ne semblait pas croire elle-même. Elle demandait à Cyril ce qu'il en pensait avec un regard qui semblait dire : « Fais un effort, dis-moi que ce n'est pas totalement idiot ».

Mais Cyril ne fut jamais convaincu par ces hypothèses qu'il récusait avec des arguments froids et pertinents issus de sa connaissance des clients ou de ses pratiques professionnelles. Il le faisait toujours dans le respect et le calme. Il n'eut jamais l'envie de se moquer d'elle, même quand son hypothèse lui paraissait invraisemblable.

Parallèlement, elle explorait des pistes d'explication de la mortalité des patients liées à des critères extérieurs, puisqu'aucune faille dans leur mode de vie ne semblait susceptible de les faire avancer dans leurs recherches. Cyril, lui, apportait des précisions sur les patients qu'elle visionnait. Il lui expliquait leurs pathologies et lui donnait son ressenti sur ce qu'il savait de leur vie, de leurs habitudes.

Cyril était à la fois admiratif et dubitatif quant aux hypothèses innovantes, originales ou farfelues que Imma était capable de formuler.

Elle lui avait d'abord présenté une théorie sur la météo et la pression atmosphérique. Ensuite, elle se pencha sur les radiations du soleil, les cycles de la lune et même sur les thèmes astraux des patients. Cyril, qui était complètement allergique à l'astrologie, qu'il considérait comme une escroquerie, fut soulagé de la non-pertinence de cette hypothèse.

Leurs travaux n'avançaient pas mais, peu à peu, ils prirent un plaisir visible à travailler ensemble.

Régulièrement, ils allaient manger le midi dans les restaurants indiens du quartier. Cyril connaissait bien ce quartier, habité majoritairement par des Tamouls, car son ancien cabinet se situait tout à côté. Quand il se rendait au bureau de Imma, il se replongeait dans les odeurs et les sensations très spécifiques et particulièrement exotiques.

On passait brusquement, en changeant simplement de rue, du Paris traditionnel un peu crade qui borde la gare du Nord, à une rue de Bangalore ou Colombo.

Tout était différent : les légumes dans les épiceries, les saris dans les vitrines, les bijoux clinquants dans les étagères. Les rues étaient animées, surtout quand un match de cricket était diffusé en direct sur une télévision indienne par satellite.

Ils se confièrent progressivement l'un à l'autre.

Elle lui raconta les douleurs de son enfance, son sentiment d'être différente, son inadaptation aux normes du système scolaire qui, sous prétexte d'égalitarisme, broie les enfants qui ne rentrent pas dans le moule. Elle lui raconta aussi la difficulté de vivre dans une famille dont les parents ne parlent pas du tout le français. Mais elle ne lui disait rien de sa vie sentimentale.

Elle avait des qualités intellectuelles hors du commun, associées à des problèmes neurologiques : elle était « dys » quelque chose. Tout cela l'avait rendue plus forte et lui avait forgé une volonté de fer dont elle tirait profit maintenant.

En l'écoutant, Cyril repensa à des adages ruraux du genre : « C'est à la fin du bal qu'on paie les musiciens », voire : « C'est à la fin de la foire que l'on compte les bouses. »

Toutes ses confidences lui avaient permis, peu à peu, de construire un portrait assez précis de celle à qui il avait affaire. Il sentait pourtant, à travers ses silences, qu'il lui manquait une clé pour comprendre parfaitement Imma. Peut-être qu'elle lui donnerait un jour l'élément manquant, la clé de voûte, qui viendrait parfaire son portrait intime.

Il voyait en elle une belle personne, sûre de sa force, qui semblait toujours avoir une longueur d'avance, et il l'admirait de plus en plus. Tout ce qui ne l'avait pas tuée l'avait rendue plus forte, sans pour autant la rendre cynique ou méprisante.

Une chose le surprit, c'est que dans sa tête, la question de la séduction ne se posait pas. En général, quand un homme célibataire (ou pas) rencontre une femme célibataire (ou pas), la question de la séduction affleure à un moment ou à un autre.

C'est une équation à quatre possibilités : on se plairait, on ne se plairait pas, je lui plairais et pas moi, elle me plairait mais sans réciproque.

Que ces questions se transforment en mots ou en actions est une autre histoire. Mais depuis son adolescence, il se posait souvent ce genre de questions sans avoir de réponses.

Ils passaient régulièrement du temps ensemble dans un endroit clos, circonstance propice à la séduction douce, mais aucun des deux ne semblait attiré par l'autre.

Il ne chercha pas à la sonder sur sa vie personnelle. Elle n'évoqua à aucun moment un éventuel compagnon ou une éventuelle compagne et ne fit jamais allusion à des relations passées.

Il ne fut jamais plus expansif qu'elle sur ces sujets. Il aurait pu lui raconter une partie de sa vie mais s'en garda bien. Il faut dire qu'il ne voyait rien de bien intéressant à raconter, tant il estimait que sa vie personnelle était un ratage complet.

Le soir venu, il rentrait chez lui, dans le cocon de son appartement, avec plaisir et un certain empressement.

Il faisait quelques courses dans son quartier avant de s'enfermer et d'appliquer son rituel. La télévision en bruit de fond, le dîner simple mais fait maison.

# Chapitre IX

Les Lilas, le 5 avril 2027 – 19 heures 30

Dans la perspective des élections présidentielles qui approchaient à grands pas, des débats thématiques se multipliaient. La date du premier tour avait été fixée au 18 avril et toutes les télés et radios consacraient leur temps d'antenne à cet événement.

Ce soir-là, il y avait un débat sur le thème de la place des animaux dans la société.

C'était un sujet fécond en termes d'engueulades potentielles et d'exploitation de la sensibilité des électeurs.

Il y avait quelques candidats ou leurs représentants et de grands témoins : fédération de chasseurs, association de protection des animaux, militants végans…

Le Parti des Animaux avait envoyé Hervé Gouillard en espérant capitaliser sur sa popularité. D'autres ténors avaient fait le déplacement ce qui, dans un premier temps, surprit Cyril.

Hervé Gouillard, vedette de cinéma des années soixante et soixante-dix, maintenant un peu gâteux, était devenu en quelques mois l'égérie de la protection des animaux. Depuis qu'il s'était opposé physiquement à la chasse à la palombe dans les Landes, ce qui lui avait valu une semaine d'hospitalisation bien médiatisée, il était devenu le héraut de la cause des animaux. Sa candidature avait facilement obtenu les cinq cents signatures requises en échange d'une réception publique dans la commune suivie d'une photo de ce cher Hervé serrant chaleureusement la main de M. le maire.

Il avait mis à son programme l'interdiction de l'abattage rituel des moutons. Au fur et à mesure que ses intentions de vote montaient, il se faisait discret sur ce thème.

Dans les sondages, il naviguait entre cinq et dix points, profitant de l'abondance des candidatures écologistes se critiquant les uns les autres.

La condition animale était devenue depuis quelques années un sujet très sensible. Les attaques de boucheries et de poissonneries, les vidéos prises en cachette dénonçant les mauvais traitements des animaux dans les abattoirs, la montée en puissance du lobby des chasseurs, la dénonciation des élevages en batterie… étaient devenues des sujets qui passionnaient et divisaient les foules.

En y réfléchissant, il se dit que ce sujet était périlleux et que les candidats avaient plus à perdre qu'à gagner. Comme on ne sort de l'ambiguïté qu'à ses dépens selon la pensée d'un auteur dont il avait oublié le nom, il valait mieux en dire le moins possible.

Cyril n'avait aucune certitude dans ce domaine. Il mangeait de la viande donc il était complice de la mort de bœufs, de porcs et de volailles sans contrôler les conditions de leur abattage.

Pour autant, il ne comprenait pas le plaisir que l'on pouvait prendre à ôter la vie à un animal. Le faire par nécessité, par profit soit, mais par plaisir, il ne comprenait pas.

Il avait deux souvenirs marquants dans le domaine du rapport à l'animal et à leur mort.

Quelques années auparavant, il s'était arrêté avec sa famille dans une chambre d'hôte dans le Cantal sur la route de l'Espagne.

C'était l'époque de la crise de la vache folle et les mesures sanitaires prises alors étaient radicales. Il avait vu des cars de gendarmes mobiles cerner la ferme du voisin de son logeur, au petit matin, et emmener cent vingt têtes de bétail. Il se souvenait encore du regard de l'agriculteur rempli d'un profond désespoir.

Il comprit qu'on pouvait avoir de l'affection pour des bêtes qui, par fonction, étaient destinées à être tuées, dépecées, vendues et mangées.

Il se souvenait aussi d'une conversation avec l'ami d'un ami de son ex-épouse qui lui avait dit :

« Si un jour j'ai un cancer, je casse ma tirelire et je vais en Afrique tuer un éléphant, je mourrai sans doute, mais lui aussi. »

La bienséance et l'hypocrisie sociale l'avaient poussé à ne pas réagir, comme souvent, mais il ne comprenait toujours pas le ressort de tels propos qui, il le savait, ne resteraient pas des paroles en l'air.

Il n'avait jamais eu d'animaux pour des raisons pratiques : vider la litière d'un chat, promener un chien pour qu'il fasse sa crotte du soir ou son pipi du matin l'aurait profondément ennuyé. Il pouvait ressentir de l'affection pour un chien, mais de là à en adopter un, non merci.

Avec les chats, il avait une relation particulière basée sur la lucidité, le respect et la méfiance. Il ne croyait pas à la capacité des chats à aimer leur maître. Ils avaient, selon lui, un sens aigu de la manipulation et faisaient montre d'un cynisme qu'il admirait presque.

Des études comportementales (on fait des études sur tout) avaient montré qu'en cas d'éloignement et de retour de leur maître, les chiens se comportaient un peu comme les petits enfants : souffrance à la séparation et effusion de joies aux retrouvailles.

Cependant, les chats se montraient plus indifférents, au point que si leur maître les retrouvait en compagnie d'un inconnu, leurs premiers pas allaient souvent vers l'inconnu, afin de voir s'il n'y avait rien de mieux à gratter de son côté.

En revanche, Cyril avait compris tout l'intérêt qu'une personne seule pouvait tirer de la présence d'un animal domestique.

D'abord, avoir quelqu'un à qui parler sans être jamais contredit. Il ne manquerait plus que ça, un chien en désaccord avec les propos de son maître !

Ensuite, la capacité d'interpréter comme on en a envie les attitudes de l'animal :

« Il a son petit caractère mais il est affectueux », disait souvent sa mère à propos de son chat. Qu'en savait-elle ?

Il se souvenait avoir coupé court à un rendez-vous d'un soir quand la femme rencontrée, plutôt jolie et sympathique, lui avait parlé de son rat domestique et affectueux. Elle lui avait affirmé qu'il vivait en liberté dans son appartement et qu'elle était sûre qu'il allait l'adorer. C'en était trop.

Les études de plus en plus approfondies, tant sur le plan génétique que comportemental, rendaient la frontière entre l'homme et l'animal de plus en plus floue, et de nombreux pays en étaient venus à adopter des lois protégeant les animaux, les végétaux, les fleuves…

À l'autre extrémité de la sphère politique, il y avait aussi de nombreuses théories sur le lobbying des producteurs de viande artificielle qui finançait en sous-main les associations véganes. Quand ces entreprises étaient de surcroît américaines, c'était le jackpot idéologique.

Avec une certaine naïveté consciente, il écouta les débats avec attention, sans trouver aucun participant convaincant. Le débat partait dans tous les sens, les anathèmes pleuvaient et personne n'écoutait personne. Rien de neuf sous le soleil.

La seule conviction qu'il acquit ce soir-là c'est qu'aucun parti ne voulait aborder le sujet avec rationalité et sans passion. Il se dit aussi qu'il plaignait les dirigeants, de quel bord qu'ils soient, s'ils devaient prendre des décisions compliquées dans ce domaine un jour.

Il se souvint d'un adage de sa grand-mère : ne jamais parler ni de religion ni de chasse dans un repas de famille. Les choses avaient changé : dans un monde où le clash était devenu un mode d'existence sociale, les valeurs s'étaient inversées. Plus le sujet était polémique, plus il faisait le buzz, quitte à parler de thèmes sans importance ou sans lendemain.

Las de toute cette confusion, il ferma la télé et se réécouta pour la énième fois *Kind of blues* de Miles Davis.

Il attendit avec impatience *Freddie Freeloader*, morceau durant lequel la trompette de Miles Davis, le sax alto de Cannonball Adderley et le sax ténor de John Coltrane se succédaient dans un moment de perfection rarement atteint.

# Chapitre X

Paris, rue Louis Blanc – le 13 avril 2027

Ce matin, Imma avait appelé Cyril pour lui demander d'avancer un peu leur rendez-vous, car elle était sur une piste chaude. Il avait senti dans sa voix une inquiétude qu'il ne lui avait jamais connue. Pourtant il était content de savoir qu'après plusieurs semaines de stagnation, une piste semblait enfin se profiler.

Il arriva au bureau de Imma vers 9 heures, et, après l'avoir saluée de loin, se fit un café expresso comme à son habitude. Elle buvait du thé.

Il s'assit devant le bureau, sa tasse de café à la main, face aux trois écrans et attendit qu'elle prît la parole avec une certaine appréhension :

« Voilà, j'ai passé une partie de la nuit à regarder des vidéos et j'ai une intuition qui pourrait être à la fois une explication rationnelle et une explosion nucléaire. Jette un coup d'œil à cette liste. »

Elle lui tendit une liste de noms. Il la prit et la parcourut.

C'était une liste de ses patients décédés de La Maladie.

Il regarda Imma d'un air interrogateur et lui dit :

« Qu'attends-tu de moi ? Ce sont bien des patients décédés depuis deux mois. »

Elle le regarda fixement et lui enjoignit :

« Indique-moi dans cette liste ceux ou celles qui ne possédaient pas de chat. »

Il parcourut fébrilement la liste en marmonnant :

« Elle, oui, elle oui, elle oui » à chaque ligne.

Cyril posa la liste et la regarda d'un air terrifié. Il venait de comprendre pourquoi elle avait employé le terme « explosion nucléaire ». Il ajouta d'une voix tremblante :

« De mémoire, elles avaient toutes au moins un chat en effet. »

Puis il se ravisa et ajouta :

« C'est forcément une fausse piste, les chats ne transmettent pas le virus. »

Imma lui répondit qu'elle le savait :

« Dans l'état actuel des connaissances, les animaux n'attrapent pas le virus. Pourtant, si on s'en tient à la version officielle, tout est parti d'un pangolin qui a mangé des excréments de chauve-souris ! Ne serait-il pas possible que le virus ait muté et que les chats soient maintenant potentiellement porteurs du virus ? »

Si cette affirmation était avérée, ce serait en effet un séisme politique majeur. Une remise en question des quelques certitudes acquises depuis presque sept ans. Un bouleversement dans le mode de vie de milliers de personnes.

Cyril repensa à une idée qui lui passait de temps en temps par la tête : Dieu ou le Diable assis sur le rebord du monde regardant narquois les hommes se battre contre La Maladie et, de temps en temps, quand ceux-ci redevenaient prétentieux en affirmant que le virus était vaincu, faire un geste qui entraînait une légère mutation.

Les hommes redescendaient alors de leur piédestal et se remettaient à douter.

Il se représentait ce dieu ou ce diable avec la tête du chef des martiens dans *Mars Attacks !*, le film de Tim Burton.

Cyril fut choqué par cette hypothèse. Ils n'avaient rien de mieux à annoncer à Péllegrini depuis plusieurs semaines et l'idée que le virus avait muté ne lui semblait pas si farfelue que cela. En fait, c'était l'hypothèse la plus solide que Imma ait formulée. Elle permettait de mettre en cohérence toutes les failles constatées. En revanche, il peinait à évaluer les implications sociales, culturelles, politiques et économiques potentielles de cette hypothèse. Ou plutôt il ne les voyait que trop bien. Quand Imma parlait de bombe nucléaire, elle était peut-être en dessous de la vérité.

Ils devraient maintenant jouer serré et s'assurer de la véracité de leur affirmation.

Pour sortir de cette impasse, il proposa à Imma de prendre contact avec la femme d'une de ses relations qui était vétérinaire. Nous pourrons peut-être avancer avec des informations spécifiques au monde animal.

Il s'agissait de Christine Grebert, épouse de Alain Grebert, camarade de promotion de Cyril.

Brillante vétérinaire, elle avait intégré l'ENVA, école nationale de vétérinaire de Maison Alfort, comme professeure et chercheuse. Elle serait à même de les renseigner sur le sujet qui les préoccupait.

Cyril appela Alain Grebert, camarade d'internat avec qui il avait beaucoup fait la fête à une période de sa vie où ce mot signifiait chansons paillardes, alcool et absence de retenue. Il le revoyait de temps en temps, même si leurs trajectoires de vies avaient été bien différentes. Reprise du cabinet de Papa à Versailles, acquisition d'un petit château en Normandie, quatre enfants, deux domestiques…

Alain décrocha tout de suite quand Cyril l'appela et sembla très heureux de l'entendre. Il était au courant de ses évolutions professionnelles récentes, qu'il approuvait. Il avait dit :

« Tu as raison de larguer ton cabinet, tu seras plus tranquille. Quand on voit comment l'état nous saigne, on se demande si c'est vraiment la peine de se lever le matin. »

Cyril lui fit part des évolutions récentes de ses fonctions et de sa participation à un programme high tech, ce qui fit sourire Grebert. Il le décrivit dans les grandes lignes, ce qui provoqua une réaction mi-admirative, mi-réprobatrice :

« C'est super d'avoir un diagnostic aussi précis quand on voit les clients, mais à terme c'est la fin de la médecine libérale. »

Cyril ne voulut pas débattre de ce sujet et en vint droit au but :

« Ton épouse Christine travaille toujours à l'ENVA ? J'aurais besoin d'un avis sur une maladie transmissible par un chat. »

Il sentit bien qu'Alain ne s'intéressait pas trop à sa question et qu'il n'avait pas envie d'en savoir plus sur son problème. Dans le fond, cela arrangeait bien Cyril.

Alain répondit :

« Bien sûr, elle vient d'être nommée responsable d'un service de recherche, tu as son numéro ? »

Cyril lui répondit que non et Alain lui proposa de lui envoyer sa fiche VCF.

Face au silence gêné de Cyril, Alain lui expliqua que c'était le format de données utilisé dans les répertoires téléphoniques. Pour ne pas passer pour un attardé, il acquiesça.

Il sentit sur sa joue la vibration caractéristique qui signale l'arrivée d'un SMS. Il avertit Alain que c'était bon. Il le remercia et prit congé.

Il se tourna vers Imma et lui demanda du regard comment avoir accès aux informations contenues dans le SMS reçu. Elle se saisit de son téléphone et enregistra le numéro dans son répertoire.

Christine Grebert ne répondit pas tout de suite à l'appel de Cyril mais elle le rappela dans l'heure :

« Excuse-moi Cyril, j'étais en réunion, je n'ai pas pu te prendre, tu vas bien ? quel bon vent t'amène ? Cela fait des années que nous ne t'avons pas reçu à la maison. Il faudra remédier à ça. »

Quand on pose autant de questions à la fois, c'est qu'on n'a que faire des réponses.

Il se souvenait de Christine comme une épouse dévouée, sachant recevoir, d'une conversation délicieusement banale. Elle faisait partie, comme Cyril, d'une génération où le politiquement correct restait de mise.

Il la soupçonnait aussi de jouer ce rôle-là pour endormir son mari, engoncé dans ses certitudes, son image sociale, son sentiment d'être important et d'avoir du pouvoir sur la vie des gens.

Il n'avait jamais imaginé le type de vie secrète qu'elle pouvait cacher. Après tout, c'était juste une impression et il ne se sentait pas le droit d'élaborer des hypothèses qui ne le mèneraient à rien. Pour tout dire, il n'en avait rien à faire de l'éventuelle vie secrète de la femme d'un collègue.

Il ne s'attarda pas sur sa vie personnelle et entra dans le vif du sujet :

« Je te remercie vraiment de me rappeler. J'aimerais te rencontrer en toute discrétion pour évoquer un sujet délicat et assez confidentiel. »

En terminant, sa phrase il se rendit compte de la maladresse de sa formulation et il se ravisa :

« Ne t'inquiète pas, je voudrais juste avoir l'éclairage d'une professionnelle sur un problème que je rencontre avec quelques patients qui possèdent des animaux. »

Il sentit une hésitation, et surtout que sa demande avait généré en elle un flot de questions. Elle répondit, un peu hésitante, qu'elle acceptait volontiers. Ils fixèrent un rendez-vous le lendemain à 18 heures à son bureau. Christine était débordée mais elle acceptait de faire un peu d'heures supplémentaires pour lui. Il lui précisa qu'il serait accompagné d'une personne, concernée par la même question. Christine lui demanda alors le nom de cette personne car elle devait déclarer ses visiteurs au service de sécurité de l'école.

Une fois ces formalités accomplies, Cyril remercia Christine et lui dit à demain.

Comme prévu, Imma et Cyril se présentèrent le lendemain, peu avant 18 heures, à l'accueil de l'École Nationale Vétérinaire de Maison Alfort, et indiquèrent qu'ils avaient rendez-vous avec Madame Grebert. Après les vérifications d'usage, le préposé à l'accueil avertit, par téléphone, Christine Grebert qui vint les chercher après quelques minutes d'attente afin de bien leur indiquer qu'elle avait beaucoup de travail.

Elle les emmena dans son bureau, qui disposait d'une belle table de travail autour de laquelle ils s'installèrent en respectant la distance devenue réglementaire. Il était décoré de copies de tableaux contemporains. Il crut reconnaître un Kandinsky et un Klee.

Imma et Cyril avaient préparé la réunion et avaient longuement débattu sur la manière de présenter leur demande.

Ils étaient tombés d'accord sur le fait d'en dire le moins possible. Cyril avait indiqué à Imma qu'il pensait que Christine avait un esprit vif et qu'elle ne se laisserait pas embobiner. De ce fait, elle pourrait facilement se braquer si elle se sentait manipulée.

Cyril la remercia encore de sa disponibilité. Il entra dans le vif du sujet après quelques phrases toutes faites sur l'élégance de son bureau et les contraintes de la vie moderne qui nous laissait de moins en moins de temps pour voir nos amis.

Il présenta Imma en quelques mots et rappela les grandes lignes du programme pour lequel il travaillait désormais.

Il rappela tous les avantages que pouvaient apporter le suivi en temps réel des patients, les perspectives d'avancées dans la médecine prédictive et les premières réussites du programme, qui avait fait baisser fortement le taux de mortalité chez les patients âgés.

Il évoqua ensuite la volonté des promoteurs du projet de rentrer dans un processus de qualité maximale en effectuant un travail de mise en perspective des évolutions systémiques.

Toute cette phrase avait été travaillée longuement avec Imma. Il la récitait par cœur avec le plus de conviction possible. Il sentit toutefois dans les yeux de Christine de l'étonnement et même un peu d'incrédulité. Elle ne l'avait jamais entendu parler comme ça.

Il poursuivit son laïus en indiquant qu'il avait été détaché partiellement pour travailler avec Imma sur ce sujet. Leur binôme avait été constitué sur la base de la complémentarité entre deux approches, celle issue du terrain, portée par lui-même et celle d'analyse prospective, confiée à sa partenaire qui allait à son tour se présenter plus amplement.

Il lui passa ensuite la parole tout en pensant qu'il ne s'en tirait pas trop mal.

Elle se décrivit comme une consultante en gestion de crise. Elle était mandatée par le groupe VIVRE pour une mission d'anticipation d'éventuels rebonds du virus. Son champ de recherche concernait l'environnement des patients accompagnés dans la cadre du programme VHAD.

Elle avait constaté la présence de chats de compagnie en nombre conséquent et avait identifié un risque non négligeable.

Cyril reprit la parole et formula à Christine la raison de leur visite, même s'il se doutait bien qu'elle avait maintenant deviné :

« Pour être direct et précis, peux-tu nous donner des éléments ou des sources d'informations qui permettraient d'évaluer les risques de transmission du virus de l'homme au chat et du chat à l'homme ? »

Christine avait ingurgité toutes ces informations et semblait concentrée sur la réponse qu'elle leur apporterait :

« Je voudrais d'abord vous préciser les fonctions que j'exerce ici. Je suis enseignante-chercheuse et mon domaine de compétence n'est pas celui qui vous intéresse. Mes recherches portent sur les animaux dits sauvages et excluent les animaux domestiques, mais la question sur la nature domestique ou sauvage des chats reste ouverte et c'est, entre collègues, un sujet de conversation récurrent. Je peux quand même vous apporter des éléments de réponse partiels et vous réorienter vers un collègue en cas de besoin. »

Sentant que le silence de ses deux interlocuteurs était une approbation, elle poursuivit :

« En fait, deux premiers cas de contamination de chats ont été recensés en mars 2020 : le premier en Chine et le second en France, plus précisément en Île-de-France. Depuis, à ma connaissance, il n'y en a pas eu d'autres. Sur le cas chinois, je ne sais pas grand-chose mais j'ai eu connaissance du travail d'analyse de mes collègues. En fait, un premier test animal s'est révélé positif et un second négatif, donc il en a été déduit que les chats ne transmettaient pas La Maladie. La communauté scientifique ne se désintéresse pas pour autant du sujet et de nombreux travaux internationaux ont été menés. Ils ont mis en évidence le risque de contaminations croisées entre humains et animaux domestiques, et ce dès le début de la pandémie. »

Cyril sursauta intérieurement en espérant que sa réaction, qu'il dissimulait au mieux, serait restée invisible.

Christine poursuivit sans qu'il sache si elle avait perçu son sursaut :

« Je vous fais un résumé rapide de la pensée actuelle ; les risques sont évalués, dans l'état de la recherche, négligeables. Cependant, les effets bénéfiques de la relation homme-animal sont avérés. Il est donc jugé plus utile de courir le risque de contaminations, hypothétiques et limitées, que de créer un stress mortifère en attirant l'attention sur un phénomène marginal. »

Imma saisit l'opportunité de la fin de la phrase de Christine Grebert pour poser une question :

« Pensez-vous que ce cas soit unique, ou que d'autres auraient pu échapper à la veille des autorités ? »

Christine reprit la parole en pesant ses mots :

Le sujet est sensible et traité avec prudence par les autorités vétérinaires. Quand une maladie transmissible de l'animal à l'homme apparaît, la réaction des autorités sanitaires est souvent sans pitié. Les renards en ont fait les frais. Les vaches aussi avec en plus un problème économique énorme pour le monde agricole. Il y a entre quatorze et quinze millions de chats en France. Personne n'ose imaginer ce qui se passerait si ces gentils matous faisaient peser une menace mortelle sur leurs propriétaires. Depuis les deux cas évoqués précédemment, je n'ai vu aucune information sur d'éventuelles contaminations félines : « Je pense que si c'était le cas, j'en aurais entendu parler. »

Un long silence suivit l'intervention de Christine. Cyril lut dans ses yeux qu'elle avait des doutes sur la dimension purement théorique de ses questions.

Elle reprit la parole :

« Vos interrogations sont purement théoriques ou elles se basent sur des faits constatés ? »

Cyril hésita à répondre car il ne voulait pas mentir. Imma le devança en affirmant qu'elle établissait des modèles à partir d'hypothèses improbables, qu'elle avait d'autres pistes de recherche comme les éruptions solaires ou les cycles de la lune.

Pour se justifier, elle prit un exemple hors du champ d'études qui concernait Christine :

« J'ai eu l'occasion de participer à une telle étude concernant les risques nucléaires. Nous partions du principe qu'il fallait envisager tous les cas d'accident, même les plus improbables, et leur apporter une solution. La procédure appliquée était la suivante : s'il se passe ceci, on fait quoi ? Dans un premier temps, les gestionnaires nous répondaient "Cela ne peut arriver" et nous les forcions à envisager que cet accident était possible et à réfléchir soit à une prévention possible, soit à des mesures de réaction immédiates. Nous sommes dans un même processus de réflexion. Ai-je été claire ? »

Christine répondit affirmativement, mais l'expression de son visage semblait indiquer un certain scepticisme.

Imma avoua à Cyril, dans la voiture lors du retour, qu'elle avait inventé cette expérience de toutes pièces pour calmer la suspicion de Mme Grebert.

Imma et Cyril se dirent qu'ils en savaient assez pour l'instant et qu'en investiguant plus avant, ils s'attireraient des soupçons inutiles. Ils avaient fait le même cheminement chacun de leur côté et ils laissèrent le dialogue se poursuivre et s'égarer dans des sujets futiles.

Après une demi-heure, Cyril dit à Christine qu'elle avait un mari dont il ne voulait pas la priver.

Ils prirent congé en se promettant de reprendre contact pour une rencontre plus conviviale et qu'il appellerait Alain pour lui en parler.

Elle les raccompagna jusqu'à la porte et l'ouvrit avec son badge.

Au dernier moment, elle leur dit :

« N'oubliez pas que dans *la peste* de Camus ce ne sont pas les rats les vrais coupables, mais les puces qui transmettaient la maladie. »

Ils sentirent tous deux dans son regard qu'elle n'avait pas été complètement dupe de leur petit jeu.

En sortant de la rencontre, ils reprirent la voiture de Cyril et rentrèrent à Paris en analysant les informations obtenues.

Ils en savaient un peu plus, l'existence d'un cas en France, même unique, donnait un peu de crédit à leur hypothèse. Ils ne connaissaient pas les sorts réservés aux chats des malades décédés. Peut-être adoptés par la famille, abandonnés ou plus probablement confiés à la SPA avec une espérance de vie courte.

Ils analysèrent aussi longuement la dernière phrase de leur interlocutrice. Ils conclurent tous les deux que Christine en savait plus qu'elle ne leur en avait dit, et qu'il faudrait sans doute, à un moment ou à un autre, l'intégrer dans la boucle de leur réflexion si, évidemment, Péllegrini en acceptait l'occurrence.

Ils se dirent que l'hypothèse était assez sérieuse pour être évoquée à la réunion discrète du lendemain.

# Chapitre XI

Paris, le 14 avril 2027 – 20 heures 30

Aussitôt rentrée chez elle, Imma appela Péllegrini afin de lui parler de son hypothèse en lui donnant le plus de détails possible susceptibles de la valider. Elle évoqua ensuite le rendez-vous avec Christine Grebert qui n'avait pas anéanti sa théorie.

Elle sentait Péllegrini pensif et préoccupé. Son silence était pesant. Il n'avait visiblement rien à lui dire pour l'instant.

Elle dit :

« Écoute Jean-Louis, je vais te laisser réfléchir tranquillement. Pour ma part, je vais préparer la réunion de demain. »

Il lui répondit par un « OK » distant et il raccrocha.

Imma resta plusieurs minutes sans bouger, le regard dans le vide. C'était sa manière à elle de se concentrer pour réfléchir. Elle essayait d'imaginer ce que Péllegrini faisait en ce moment. Elle aurait parié gros qu'il se serait précipité sur son téléphone afin d'appeler l'Élysée.

En fait, depuis la fin de la réunion avec Christine Grebert, elle n'avait pas eu le temps de se poser pour digérer toutes ces informations et imaginer une stratégie pour le lendemain.

Elle ne comptait pas sur un effet dc surprisc. Elle connaissait trop Péllegrini pour croire qu'il garderait l'information pour lui.

Elle se mit à imaginer différents scénarios.

Il serait possible de nier la véracité de cette hypothèse. Ce serait un peu comme le syndrome de Tchernobyl : il n'y a rien à craindre, ni pour les humains ni pour les chats, comme il n'y avait rien à craindre des radiations qui ne passeraient pas la frontière selon le ministre de l'époque.

L'autre branche de l'alternative serait de rendre publique l'hypothèse sur le mode : « Pas d'inquiétude, on gère la situation, nous avons identifié un risque mais tout est sous contrôle et on vous tient au courant, mais, pour l'instant pas de panique. »

Elle pensait que les débats lors de la réunion du lendemain tourneraient autour de ces deux hypothèses.

Elle décida de faire le plus simple possible dans sa présentation et d'y mettre un peu de détachement. En fait, elle s'aperçut que l'idée de mettre mal à l'aise tous ces hommes perclus dans leur semblant de pouvoir lui plaisait assez.

Rassérénée par cette pensée positive qui lui avait donné de l'énergie, elle se mit à ranger son petit appartement. Un monceau de vaisselle l'attendait, le panier à linge sale débordait et le désordre régnait en maître. Elle aimait réfléchir en effectuant des tâches qui ne demandaient pas une mobilisation intense de ses capacités intellectuelles. L'idée de ne pas céder à la procrastination habituelle lui plaisait encore plus. Puisque les choses essentielles nous échappent, concentrons-nous sur ce qu'il est possible de changer ici et maintenant. Allez, au boulot !

Saint-Cloud – le 14 avril – 21 heures-

Après que Imma a coupé la communication, Jean-Louis Péllegrini réfléchit longuement à ce qu'Imma venait de lui apprendre. Dans sa position, il devait considérer la situation sous différents angles.

D'abord sous l'angle sanitaire : des clients de VHAD étaient en danger de mort, et il prenait de gros risques en ne faisant rien. En fonction de la tournure des événements, cela pouvait aller de la perte de chiffre d'affaires à la prison.

Celui qui l'intéressait le plus était pourtant l'angle politique. Il s'était beaucoup investi dans l'élection du candidat d'En Avant et restait proche de lui. Dans l'ombre, mais proche.

Il devait y voir plus clair avant le lendemain matin. Il ne se voyait pas arriver à la réunion sans une analyse fine, un plan ou une quelconque stratégie.

Il appela Bertrand Cressart, l'adjoint du chef de cabinet de l'Élysée, homme de confiance par fonction. Il lui raconta tout ce qu'il savait et lui demanda s'il était possible de parler au Patron. Il lui répondit qu'il tombait mal car ce dernier était en confcall avec Trump et Poutine pour parler des menaces qui pesaient sur Taïwan et que ça durerait sans doute un bon moment.

Ils décidèrent de se voir au plus tôt et de préparer une note à destination du Patron. Ils avaient l'assurance qu'il en prendrait connaissance et qu'il leur ferait un retour rapide.

Péllegrini arriva à l'Élysée vers 22 heures et un huissier le conduisit au bureau de Bertrand Cressart. Celui-ci l'attendait et avait déjà rédigé un brouillon bien argumenté. Il passa outre les politesses d'usage et lui dit :

« En t'attendant, j'ai appelé Éric Carpentier pour avoir son ressenti. Il m'a fait part des soupçons qu'il avait concernant le jeu du Ministre de la Santé. Il se voit Premier ministre et il serait capable de profiter de ce problème pour faire pression sur le Patron. Il m'a convaincu qu'il ne fallait pas laisser Michael Florette décider des suites à donner. »

Jean-Louis Péllegrini fréquentait depuis assez longtemps ce milieu pour savoir que les stratégies personnelles passaient souvent devant l'intérêt général, et que c'était une donnée non négociable du jeu politique. De ce fait, il ne fit aucun commentaire.

Après en avoir discuté un petit moment, ils se mirent d'accord sur le fait que le mieux était de ne rien faire et de laisser filer jusqu'au second tour.

Bertrand Cressart orienterait sa note dans ce sens et la soumettrait au Patron dans le courant de la soirée ou de la nuit. Il connaissait assez l'homme pour savoir qu'il réagirait et qu'il transmettrait ses ordres dans la foulée. Péllegrini serait destinataire de la conduite à tenir avant le début de la réunion.

Cette procédure étant définie et validée, Péllegrini rentra chez lui et comme convenu, il reçut la consigne par email vers 3 heures 30 du matin. Le Patron avait donné son feu vert.

# Chapitre XII

Nanterre, au siège du groupe AGIR, le 15 avril 2027 – 10 heures

Les cinq mêmes participants étaient présents et assis aux mêmes places.

Imma avait appelé brièvement Péllegrini, en début de soirée, pour lui faire part de sa découverte, et pour lui demander s'il était opportun de mettre le sujet à l'ordre du jour.

Il lui avait répondu affirmativement. De toute façon, elle n'avait rien de mieux à proposer pour le moment.

Péllegrini ouvrit la séance sobrement et passa rapidement la parole à Imma :

« Hé bien, je vais commencer par vous faire le point sur les recherches que j'ai entreprises avec l'appui de M. Agopian. La fois dernière, vous vous souvenez que nous avions décidé d'utiliser les données recueillies à l'aide de la caméra et du micro intégrés dans le collier pour déceler d'éventuelles interventions extérieures. J'ai visionné ces images et écouté ces bandes retraitées (elle accentua le mot "bandes" pour bien montrer qu'elle avait conscience de ne pas employer le terme exact), et je n'ai trouvé aucune intrusion susceptible d'expliquer la contamination des patients. Pas de livraisons non sécurisées, pas de visites impromptues, pas de comportements non professionnels du personnel d'assistance. Je dois vous préciser que l'angle aléatoire de la prise de vue rend parfois les images inutilisables : beaucoup de gros plans sur les pieds ou le plafond. Toutefois, la qualité du son est telle qu'elle permet de déceler une présence humaine hors champ. Face à cette constatation, j'ai cherché, dans toutes les directions, d'autres hypothèses qui se sont toutes révélées des impasses. Je vous éviterai les détails de ces élucubrations. Il y a quelques jours, j'ai envisagé une explication qui me semblait rationnelle. Je l'ai soumise au Docteur Agopian qui ne l'a pas totalement réfutée. Avant d'aller plus loin, je dois vous dire que l'hypothèse que je vais formuler est porteuse d'un grand danger, qu'elle soit avérée ou fausse. Pour l'instant, nous ne sommes que trois à en avoir eu connaissance. M. Agopian, M. Péllegrini et moi-même. Toute fuite pourrait provoquer un séisme politique et social à très court terme. »

Tout le monde comprit qu'elle parlait des élections présidentielles toutes proches maintenant.

Cyril pensa que Imma s'avançait en parlant de trois personnes ; nul ne savait ce que Péllegrini avait fait après son appel d'hier soir. Cyril aurait parié que son boss avait aussitôt appelé l'Élysée.

Péllegrini lui dit du regard qu'elle devait maintenant aller droit au fait :

« L'hypothèse que je formule est que la contamination pourrait venir des chats. »

Un silence de mort s'installa, qui fut comblé rapidement par des bruits de respiration, des souffles, des soupirs.

Imma ne laissa personne intervenir et reprit :

« J'ai constaté que tous les patients décédés possédaient au moins un chat que j'ai aperçu ou entendu en visionnant les vidéos. Le Docteur Agopian m'a confirmé ce fait, du moins chez les patients qu'il suivait. Je sais que, pour l'instant, les animaux de compagnie sont considérés comme non contaminants. Pourtant, on a pu constater des cas de contamination de félins domestiques en Chine et en Île-de-France. Ils sont presque uniques mais pas inexistants. Nous savons aussi que le virus est en perpétuelle mutation et que ces mutations ont à ce jour systématiquement pris à contrepied les prévisions des épidémiologistes. La question que je soumets aux autorités compétentes (avec un sourire en disant le mot "compétentes") est celle-ci : faut-il considérer cette hypothèse comme digne d'intérêt ou pas ? Je dois aussi ajouter un élément au dossier qui date d'hier soir (lors de la consultation d'un vétérinaire) et qui n'a fait l'objet d'aucun approfondissement : la contamination pourrait ne pas venir directement des chats, mais d'un de leur parasite. »

Elle se tut et Péllegrini, qui avait eu toute la nuit pour analyser le problème, enchaîna :

« Je vous demande de prendre la déclaration de Mme Delgado avec sérieux et sérénité. »

Cyril remarqua que Péllegrini avait dit « Madame Delgado » et non Imma comme à son habitude, mais il ne trouva aucune interprétation pertinente à ce changement.

Il s'adressait à Florette et Carpentier que l'on sentait mal à l'aise :

Moi aussi j'ai été tenté de jeter aux oubliettes cette hypothèse, mais je pense maintenant que nous avons tout intérêt à la prendre en compte, quitte à la rejeter après de plus amples investigations. Évidemment, comme vous, je pense à ce qui va se passer lors des élections présidentielles à venir et qui sera déterminant pour l'avenir de notre pays. Cette donnée doit de toute évidence être prise en compte dans notre analyse de la situation mais elle ne doit pas nous paralyser. Quoi qu'il en soit, les résultats du premier tour sont maintenant figés et ne bougeront pas. Le deuxième tour s'annonce serré, et nous devons nous placer dans cette perspective.

Cyril connaissait la théorie de la cristallisation des votes quelques semaines avant le premier tour. Il était d'accord sur l'idée que rien ne bougerait d'ici le 11 avril, dans trois jours.

Péllegrini enchaîna :

« Si vous le permettez, et avant d'aborder les suites éventuelles à donner, je voudrais vous faire part d'une petite analyse politique. Il y a quatre cas de figure envisageables si on croise les deux éventualités, sa véracité et sa publicité. Elle est avérée et nous la gardons secrète, elle est avérée et nous la rendons publique, elle est fausse et nous la gardons secrète, elle est fausse et nous la rendons publique. J'ajoute à ce petit schéma théorique une autre dimension : toute démarche qui rendrait cette information publique, volontairement ou involontairement à la suite de fuites, fait courir un risque réel de transfert de voix. Nous pourrions aussi faire l'autruche en priant que cette hypothèse soit fausse, ce qui serait une bonne solution à court terme mais une mauvaise à moyen terme. Pour résumer, nous sommes face à un vrai merdier. »

À la fin de cette phrase, il se tut. Son visage montrait son abattement.

Florette prit la parole tout en continuant à réfléchir :

« Y a-t-il un moyen de tester les chats potentiellement contaminants en toute discrétion ? Ce serait de mon point de vue une manière d'avancer sans prendre trop de risques. Pour ma part, j'ai de réels doutes quant à la véracité de cette théorie : comment un chat qui ne quitte jamais le canapé de sa maîtresse pourrait-il contracter ou devenir un véhicule du virus ? Je sais que rien ne doit être exclu a priori, mais il faudra m'expliquer avec de sérieux arguments comment La Maladie s'infiltre dans des foyers fermés. »

Péllegrini répondit :

« Ce matin, je me suis rapproché de notre filiale qui gère la suite des décès. J'ai essayé de savoir ce qu'il arrivait aux chats des personnes décédées, prétextant une envie d'offrir un chat de race pas cher à ma nièce. Il m'a été répondu que ces chats étaient dans un premier lieu proposés à la famille du défunt (si famille il y a encore) et, dans le cas de refus d'adoption confiés à la SPA. On m'a bien confirmé que l'espérance de vie d'un chat était très courte et qu'au-delà de quinze jours ils étaient traités. »

Il ajouta ensuite :

« J'entends bien l'argument de Michael sur la difficulté qu'auraient les chats sédentaires à contracter la maladie. C'est une question de plus à ajouter à la liste des mystères à résoudre. »

Cyril repensa aussitôt à sa rencontre avec Cindy Laporte : il se dit qu'elle avait sans doute confié les chats d'Héléna à ses amis ou à sa famille en les exposant à un danger… à un danger.

Il se promit de la rappeler prochainement pour lui demander ce qu'elle avait fait des chats de luxe.

Sans rebondir sur le problème exposé par Florette, il trouvait que la question posée était pertinente et se promit d'y réfléchir.

Florette reprit son idée :

« Ne pourrions-nous pas demander à un laboratoire de récupérer des chats à la SPA pour les tester ? Ou même s'adresser aux familles quand celles-ci les ont récupérés ? »

Carpentier prit la parole :

« Je trouve cette proposition un peu périlleuse. Si cela venait à se savoir, le risque de fuite serait important et une récupération politique désastreuse probable. »

Florette reprit la parole :

« Si le virus rebondit et que l'on apprend que nous avons exclu toute investigation sur cette éventualité, le risque politique sera bien plus fort ! »

Cyril ressentit une certaine tension entre eux et comprit qu'ils étaient les représentants de deux lignes de conduite qui devaient s'affronter en hauts lieux.

Il lui semblait, à travers les propos des deux hauts fonctionnaires, que la panique commençait à poindre. Aucune option n'était à écarter mais aucune n'était sans risque effroyable. Il se rendit compte qu'au sein de cette assemblée, sa place était la plus confortable, car il n'avait pas de pouvoir décisionnaire donc, de ce fait, aucune responsabilité pénale à craindre.

Il était de notoriété publique que le Président dormait peu. Si Péllegrini l'avait averti hier soir, ce que pensait Cyril, il avait dû travailler le sujet dans la nuit en consultant tous les interlocuteurs qui lui semblaient utiles et en faisant peu de cas de leur droit au sommeil.

De toute évidence, entre l'Élysée et le ministère de la Santé, les positions ne s'étaient pas harmonisées.

Cyril se tourna vers Péllegrini et lui demanda du regard la parole. Ce dernier lui accorda d'un signe de tête :

« Si vous le permettez, je voudrais vous exposer mon point de vue sur la question, point de vue d'homme de terrain, qui n'a que peu conscience des enjeux politiques que vous venez d'évoquer. Ne pourrions-nous pas nous recentrer sur les victimes potentielles, je parle des victimes réelles, des patients en danger ? Même si mon avis est assez peu autorisé sur les questions politiques, je pense que la moins mauvaise des solutions serait de traiter en toute transparence la menace qui pèse sur une partie de la population. Je suis sans doute un grand naïf, mais je pense que la vérité est la seule solution raisonnable. »

Imma enchaîna directement, sans s'assurer que la parole lui était donnée :

« Vous connaissez aussi bien que moi le monde dans lequel nous vivons : fausse ou vraie, toute information comportant un potentiel de buzz est reprise et se répand comme une traînée de poudre. Il est toujours plus compliqué de réparer une erreur de communication qui peut passer pour un mensonge organisé que d'annoncer une nouvelle qui pourrait finalement être moins grave que prévu. Sans m'être concertée avec Cyril, je suis d'accord avec lui. »

Péllegrini reprit la parole pour essayer de calmer le jeu et de proposer une synthèse :

« Je vous propose deux choses : d'abord, dresser un cordon sanitaire étanche afin qu'aucune fuite n'ait lieu avant que la décision de divulguer l'information ne soit prise. Ensuite, investiguer, avec une méthode qui reste à définir sur les causes possibles de cette contamination probable. »

Cyril vit bien que Péllegrini choisissait ses mots avec soin afin de ne pas froisser plus que nécessaire les deux représentants de l'Élysée et du ministère de la Santé.

Cyril demanda à nouveau la parole du regard.

Péllegrini lui accorde de la même manière :

« Je suis intrigué par la phrase que la vétérinaire que nous avons consultée hier nous a lâchée en partant : n'oubliez pas que dans *la peste* de Camus, ce ne sont pas les rats les vrais coupables, mais les puces qui transmettaient la maladie. »

Il poursuivit :

« Nous pourrions peut-être chercher à identifier dans l'environnement des personnes décédées et de leur chat des facteurs explicatifs récurrents. J'envisage deux axes de recherche : les parasites naturels et l'alimentation. »

Il sentit que cette phrase avait attisé la curiosité de l'assistance. Il crut même voir sur le visage de Péllegrini une grimace qu'il ne put interpréter.

Péllegrini lui intima du regard l'ordre de continuer : je ne suis pas vétérinaire, mais je sais que les chats peuvent véhiculer, à leur corps défendant, des parasites sur leur peau ou dans leur corps. Souvenons-nous que, malgré toutes les précautions prises, des produits alimentaires contaminent des humains. Je pense, entre autres, à l'affaire des pizzas à la salmonelle. Un aliment pour chats contaminant pourrait être à l'origine du problème.

Imma le coupa, pour appuyer ses dires :

« C'est une piste intéressante. Je vous propose d'effectuer une recherche avec les images enregistrées. L'équipe qui retraite les images sera sans doute capable d'identifier la marque des barquettes ou des paquets de croquettes utilisées par nos patients. Je pense que cette recherche devrait pouvoir se faire en un délai raisonnable. Après tout, on peut identifier un visage dans une foule, pourquoi pas une boîte de ronron dans une cuisine. »

Péllegrini, voyant dans cette proposition une suite positive susceptible de contenter celui qui décide en haut lieu, embraya :

« Je modifie donc ma proposition initiale : nous allons investiguer au mieux sur la possible contagion des chats et parallèlement nous préparons une réponse en cas de fuite. L'objectif principal est de désamorcer la panique et les rumeurs, en apportant un message rassurant mais responsable. »

Imma enchérit :

« Un message sur le thème : nous explorons toutes les pistes avec sérieux et calme, en l'absence de certitudes nous n'excluons rien et nous nous préparons à prendre d'éventuelles mesures appropriées si celles-ci se révélaient nécessaires. Souvenons-nous de la confusion de mars-avril 2020 sur les masques et essayons d'en tirer des leçons. »

Cyril vit Éric Carpentier avaler sa salive, il en déduisit qu'il travaillait déjà au ministère à cette époque et qu'il se sentait remis en question par l'assertion d'Imma.

Sans autre précaution, il prit la parole et contre-attaqua :

« Je comprends votre position qui semble frappée au coin du bon sens mais qui ne résiste pas à une analyse sérieuse. Calomniez, calomniez, il en restera toujours quelque chose disait Beaumarchais, si nous laissons la moindre miette à l'opposition, elle en fera un festin. Je suis partisan de laisser de côté cette hypothèse, car je vous le rappelle, il ne s'agit que d'une hypothèse. En cas de fuite, nous nous en tiendrons à la version officielle : les animaux ne transmettent pas le virus, toute la communauté scientifique est d'accord sur ce constat. Après tout, en cas de problème, elle portera le chapeau, cela fait huit ans que les scientifiques de tous les pays se contredisent. On n'en sera pas à une erreur près. »

Cyril fut déstabilisé par cet argumentaire, mais pas convaincu totalement. Soudain mû par un courage qu'il ne se connaissait pas, il lui répondit :

« Votre stratégie comporte une faille importante : le risque de laisser de nouveaux patients être infectés par le virus et donc de les laisser mourir sans leur donner une chance de vivre quelques années de plus. »

Il sentit ses joues s'empourprer, son cœur s'emballer et sa respiration devenir haletante. Il sortit de cette tirade, épuisé mais content. Pour la première fois de sa vie, il venait de défier le pouvoir. Enfin, il se ravisa, il venait d'affirmer en public (restreint) une opinion non conforme à la norme.

Péllegrini, sentant que le débat pouvait vite tourner au vinaigre, fit de son mieux pour trouver une sortie acceptable pour toutes les parties :

« Je crois que nous sommes allés au bout de l'analyse de la situation, et qu'il faut laisser maintenant décider les autorités supérieures. »

Eric Carpentier renchérit :

« Je suis d'accord avec Jean-Louis, dès mon retour au bureau, je fais une note blanche au Ministre et je vous tiens au courant de sa réponse. »

Michael Florette enchaîna :

« Cela me semble être la meilleure chose à faire. Nous disposons d'assez d'éléments pour faire une note circonstanciée qui permettra aux autorités décisionnaires de se prononcer sur les suites à donner. »

Cyril sourit intérieurement à propos du style et du vocabulaire employé par Carpentier : malgré son jeune âge, il portait en lui des décennies de haute administration formatée.

Cyril reprit la parole :

« Quant aux parasites, il va nous falloir récupérer des chats dans les familles ou à la SPA sans éveiller les soupçons, ce qui ne sera pas des plus simple. »

La réunion continua de manière plus détendue et constructive.

Trente minutes plus tard, un mode opératoire était défini, et Cyril et Imma étaient confirmés dans leur mission.

Pour pouvoir communiquer en toute discrétion, un code fut défini à la demande d'Éric Carpentier.

Des mots alternatifs furent choisis pour échanger sur l'avancement du dossier en se basant sur le vocabulaire de la pâtisserie. Le chat devint farine, le virus sucre…

Cyril se disait en son for intérieur que les recettes décrites dans leurs messages seraient sans doute indigestes.

Ils se séparèrent, conscients de la gravité de la situation, mais avec un plan d'action susceptible de rassurer provisoirement leurs mandants.

L'essentiel étant dit, Péllegrini clôtura la réunion en précisant qu'une prochaine date serait fixée en fonction de la tournure des événements.

# Chapitre XIII

Nanterre, le 15 avril 2027 – 11 heures

Aussitôt la réunion finie, Jean-Louis Péllegrini se réfugia dans son bureau.

Une remarque du docteur Agopian avait fait naître dans son esprit une angoisse qu'il tenait à calmer au plus vite. Quand ce dernier avait fait allusion à la nourriture pour chat, il s'était remémoré une décision de changement de fournisseur, qu'il avait validée quelques semaines plus tôt. Ce qui le troublait profondément, c'est que cette décision précédait de quelques jours la recrudescence de la mortalité.

Il convoqua immédiatement Jacques Lechaine, responsable des achats, dont le bureau se situait à quelques étages en dessous du sien.

Ce dernier déboula dans son bureau dans les trois minutes, après avoir quitté précipitamment la réception donnée au sein de son service pour fêter la naissance du premier enfant de son assistante.

Dès qu'il pénétra dans le bureau du boss, Jacques Lechaine ressentit l'ambiance pesante. Un malaise l'envahit et il eut la certitude qu'il allait passer un sale quart d'heure.

Péllegrini l'invita à s'asseoir et lui ordonna de lui raconter, sans autre précaution oratoire, tout le processus de décision qui avait amené VIVRE à changer de fournisseur de produits pour animaux.

Lechaine avala sa salive et commença d'une voix lente et chevrotante :

« Comme tu le sais, nous remettons régulièrement en concurrence tous nos fournisseurs. En fin d'année dernière, nous avons lancé la consultation trisannuelle prévue dans les procédures, que nous avons ouverte à tous les pays membres de la Communauté Européenne. Nous avons reçu une offre bien meilleure que le fournisseur précédent. Il faut que je te rappelle, si besoin, que la procédure de certification qualité que nous appliquons pour les produits d'hygiène "sensibles" n'existe pas pour cette catégorie de fourniture. Nous nous sommes, bien évidemment, appuyés sur les directives que le CA a votées il y a cinq ans et qui n'ont pas été révisées depuis. »

Péllegrini se souvenait de cette décision qu'il avait approuvée en 2022. Il était à cette époque en pleine campagne présidentielle et avait peut-être pris les choses avec un peu trop de distance, mais il n'était pas question pour lui de l'avouer.

Il reprit la parole pour demander plus d'informations sur le processus de sélection. Lechaine lui répondit :

« En fait, la procédure prévoit de se baser uniquement sur le prix proposé. J'avais pour ma part suggéré aux services financiers de creuser un peu avant de décider de changer de fournisseur, mais j'ai reçu une fin de non-recevoir. »

Puis, se sentant menacé, il ajouta :

« J'ai encore la trace de mes échanges avec la direction des finances, je peux te les forwarder. »

Péllegrini balaya d'un revers de la main cette proposition. Il se souvenait qu'à cette époque, il avait demandé aux services financiers de faire la chasse au gaspi. En bons petits soldats, ceux-ci avaient sans doute fait du zèle.

Il en savait assez.

Il remercia Lechaine en lui disant que cette conversation devait rester confidentielle. Le regard qu'il lui lança en prononçant ces mots était lourd de sens et sans ambiguïté. Il glaça Lechaine qui repartit dans son service l'appétit coupé.

Péllegrini resta seul dans son bureau et un sentiment de désespoir le submergea. Il fallait qu'il prenne du recul pour réfléchir. Il avertit Aicha Leblanc qu'il ne serait pas joignable cet après-midi et qu'il prendrait le reste de la journée pour régler des problèmes personnels.

Aïcha, qui le connaissait bien, savait qu'il pouvait traverser des phases de déprime, courtes mais profondes. Elle savait comment le protéger dans ces moments-là.

Il rentra chez lui à Saint-Cloud dans son pavillon et s'enfila en quelques minutes une bouteille de grappa. Il disposait d'une réserve, importée directement du Piémont. Cet alcool était pour lui le meilleur remède à la mélancolie.

Il réfléchit ensuite, affalé dans son canapé, à la manière dont il pourrait se sortir de ce pétrin. Il n'en trouvait aucune. La solution à court terme serait de garder secrètes ces informations. C'est ce qu'il allait faire. Il décida de ne parler de tout cela ni au Président ni aux membres des cabinets concernés.

Soudain, une pensée lui vint : Imma finira par tout deviner. Il la savait assez fine pour comprendre. Il se maudit de l'avoir impliquée dans cette histoire.

Le premier tour des présidentielles approchait et on pouvait espérer que l'attention des médias se focaliserait sur cet événement. Son avenir dépendait de la chance qu'il aurait ou pas. Jusqu'à ce jour, la chance lui avait souri. Pourvu que ça dure, comme avait dire la mère de Napoléon le jour de son sacre. Il eut quand même la force de sourire de cette anecdote.

Nanterre – Le 15 avril 2027 – 11 heures 30

Cyril invita Imma à boire un verre dans un bar à proximité du siège du groupe VIVRE. Ils avaient envie d'échanger tous deux à la suite de cette réunion un peu tendue. Il prit un café, elle une Leffe blonde. Il ne savait pas par où commencer alors il lui laissa la parole.

Ils avaient bien pris soin de se poser dans un coin isolé du café afin de pouvoir parler tout à leur aise. Il la sentait réfléchir et essayer de faire une synthèse de leur réunion. Elle se lança :

« Nous avions raison de craindre le pire et de toute façon, quelle que soit la décision que le pouvoir prendra, elle ne sera pas facile à mettre en œuvre. »

Cyril répondit que ce qui le choquait le plus, c'était le peu de cas réservé aux patients potentiellement contaminés par les chats.

Imma lui répondit que cela ne la surprenait pas. Elle pensait que dans les secrets des cabinets, l'idée qu'il serait bon pour le budget du ministère de la Santé de ne pas trop protéger les personnes âgées avait dû courir discrètement. Le coût exorbitant des retraites et du troisième âge était des sujets qu'on n'évoque pas en public car les séniors sont les derniers à voter massivement. Mais derrière les discours sur l'assistanat, on sentait parfois des relents « anti-vieux ».

Elle ajouta, d'un air dépité :

« On est quand même dans un monde où on dépense souvent plus pour toiletter son chien que pour soigner ses parents âgés. D'ailleurs, les laboratoires pharmaceutiques investissent de plus en plus dans les produits vétérinaires en comptant sur le développement des soins aux animaux de compagnie. Elle ajouta avec un sourire :

« En tout cas, j'ai bien aimé ta manière de faire revenir le débat à l'essentiel, mais comme leur naturel est plus fort, Carpentier et Florette sont vite revenus à l'essence de leur fonction. Je pense que, comme dans beaucoup de cas de ce genre, l'inertie l'emportera et qu'aucune décision ne sera prise, car personne ne voudra prendre la responsabilité du choix. »

Cyril resta pensif devant un tel réalisme, cynisme, pessimisme… il ne savait pas quel mot était le plus juste.

Il lui répondit qu'ils n'avaient qu'à attendre et se taire.

Pour clore cette conversation déprimante, il lui proposa de l'inviter à déjeuner. Elle accepta de suite sans cacher sa joie.

Il aurait voulu lui faire découvrir la cuisine arménienne, mais les restaurants typiques étaient rares. Le plus réputé se trouvait dans Paris *intra-muros*, dans le quartier de l'Opéra Garnier, donc trop loin. Il se rabattit sur un restaurant grec de bonne qualité. Il lui expliqua que la cuisine arménienne ressemblait à la cuisine turque et grecque avec des apports russes. La longue domination de l'Empire Ottoman avait contribué à homogénéiser les cuisines des pays qui bordent la mer Noire.

Imma, qui avait un peu voyagé dans ce secteur, lui confirma cet avis en s'appuyant sur des expériences culinaires vécues. Cette conversation dépaysante leur permit de mettre à distance le moment tendu qu'ils venaient de vivre.

Ils déjeunèrent des brochettes assez savoureuses accompagnées de légumes et de boulgour. Il lui manquait les fameux *lavash,* pains plats que l'on retrouve sous différents noms et avec des variantes dans la recette du Maghreb à l'Inde.

À la fin du repas, elle parla spontanément d'elle pour la première fois. Elle avait déjà évoqué lors de leurs précédentes conversations, son enfance mais, ce qu'elle lui expliqua sur un ton détendu stupéfia Cyril.

En fait, son nom de naissance était Immaculata Dimarzio. Ses parents avaient quitté Naples dans les années cinquante pour venir travailler à Flins chez Renault. Son prénom d'origine avait pour fonction de la protéger des prédateurs sexuels afin qu'elle reste vierge jusqu'au mariage. Cyril apprit que la vérification des taches de sang sur les draps le lendemain de la nuit de noces était une coutume qui avait aussi cours dans le sud de l'Italie.

Toute jeune, elle avait ressenti une attirance pour les femmes et une indifférence totale pour les hommes. Ayant rapidement construit une vision réaliste de la situation, elle décida que ses orientations sexuelles devaient rester secrètes et qu'il lui faudrait allumer un contre-feu si elle voulait vivre librement la vie à laquelle elle aspirait.

Par respect pour les convictions religieuses de ses parents, et consciente qu'ils ne pourraient pas entendre la vérité, elle préféra biaiser.

Dans une boîte gay, elle sympathisa avec un homme d'origine portugaise qui vivait une situation semblable Il rencontrait les mêmes difficultés qu'elle à avouer à ses parents qu'il aimait un homme formidable. Elle lui proposa un marché : on se marie, on s'affiche ensemble un week-end par mois dans nos familles respectives et le reste du temps on vit chacun notre vie.

Cette petite combine dura dix ans, jusqu'à ce que son père décède et que la société change, surtout en région parisienne où le fait d'avouer ses orientations sexuelles n'était plus vraiment un problème.

Pour sa mère, la raison officielle de la séparation était liée à leur difficulté à avoir un enfant. En l'expliquant à Cyril, Imma souriait de ce mensonge en précisant qu'il n'y avait jamais eu aucun danger qu'elle tombe enceinte.

Ils divorcèrent à l'amiable et il l'autorisa à garder son nom. Elle avait depuis longtemps raccourci son nom de baptême et préférait Imma comme prénom d'usage, même si officiellement, elle s'appelait toujours Immaculata.

Le fait de se marier eut un autre avantage pour elle : elle put échapper au carcan familial et faire des études. À cette époque et dans ce milieu, l'idée de financer les études d'une fille semblait incongru.

En multipliant les petits boulots et en vivant chichement avec un colocataire financièrement plus aisé, elle avait réussi à passer un master complet en psychologie appliquée.

Cette petite conversation permit à Cyril de comprendre à qui il avait vraiment affaire et il en fut ravi. Il disposait maintenant des pièces manquantes du puzzle, qui lui permettaient de bien comprendre qui était Imma. Il admirait son sens pratique, son ingéniosité et sa capacité à contourner les murs plutôt que de s'y heurter. Il se promit d'essayer de tirer parti de cette relation pour évoluer dans ce sens.

Ils se quittèrent en ayant conscience d'avoir construit une complicité bien agréable.

# Chapitre XIV

Les Lilas, 16 avril 2027 – 11 heures 30

En sortant de chez Van den Buch, Cyril s'aperçut d'un appel en absence. Il se connecta à sa messagerie et écouta le message que Grebert lui avait laissé concernant une invitation.

Il le rappela et tomba sur lui aussitôt :

« Ah, bonjour Cyril, merci de me rappeler aussi vite. Tu sais que tu as marqué ma femme quand tu lui as rendu visite à son bureau ? Elle me parle tous les jours de toi. D'ailleurs, vous avez convenu d'un futur dîner entre nous ? C'est à ce sujet que je t'appelle. Tu es libre demain soir ? »

Cyril ne s'attendait pas à ça. Il resta un court instant muet devant cette proposition. Puis il répondit par l'affirmative. Après tout, il n'avait aucune bonne raison de refuser et il pourrait profiter de l'occasion pour parler avec Christine de l'hypothèse de la contamination par la nourriture pour chat.

Christian Grebert se réjouit :

« Super, ça fait plusieurs jours que je dois t'appeler mais j'ai des journées de fou, tu sais ce que c'est. On se dit samedi 17 à 19 heures 30 chez nous ? Au fait, la jeune femme qui t'accompagnait, c'est juste une relation de travail ? Si c'est plus qu'une collègue, ne te gêne pas pour la ramener avec toi. Je suis direct, je sais, mais elle aussi a tapé dans l'œil de Christine. Je te renvoie l'adresse par SMS. On aura plein de trucs à se raconter depuis le temps ! »

Il abrégea rapidement l'appel en prétextant un nombre important de clients dans la salle d'attente. Il conclut :

« Surtout, ne ramène rien, tu me vexerais ! »

Cyril se dit qu'il ne pouvait arriver à un dîner les mains vides et qu'il amènerait des fleurs.

Il se demanda aussi le sens de la remarque de Grebert sur sa proximité apparente avec Imma. Il ne pensait pas montrer une quelconque complicité autre que professionnelle avec elle. De toute façon, il n'y avait rien entre eux et depuis la veille, il savait que rien ne serait possible.

Il s'agissait sans doute d'une phrase visant à montrer que, pour lui, leur proximité d'autrefois restait intacte.

Craignant d'oublier de transmettre l'invitation à Imma, il l'appela de suite et eut la chance de l'entendre décrocher rapidement. Il lui raconta brièvement leur conversation et lui indiqua qu'elle était invitée elle aussi, sans lui parler de l'impression de proximité qu'ils avaient dégagée lors de la rencontre avec Christine. Elle déclina l'invitation avec distance : « Une soirée d'anciens carabins, non merci j'ai mieux à faire le week-end. »

Les Lilas – samedi 10 avril 2027 – 11 heures

Cyril avait longtemps hésité avant d'appeler Cindy Laporte. Il savait qu'elle avait récupéré les chats d'Héléna, mais il ne savait pas ce qu'elle en avait fait.

Si les chats étaient vraiment contaminants, elle prenait des risques en les gardant. Vu son âge apparent, elle ne risquait pas grand-chose pour elle-même. Cependant, si elle fréquentait des personnes plus âgées, elle pourrait leur faire prendre un risque létal.

Il avait signé un engagement de confidentialité qui l'empêchait de prendre contact avec Cindy mais, en tant que médecin, il se sentait l'obligation d'intervenir.

Cyril était tiraillé entre son engagement de discrétion et son serment d'Hippocrate.

Il avait recherché ses coordonnées dans la base de contact du programme GDP2A qui recensait tous les intervenants avec qui il était susceptible d'avoir des relations dans le cadre de son activité professionnelle. Il n'eut aucun mal à trouver son numéro de portable.

Au fond de lui, il sentait que le fait de l'avoir retrouvée lui posait problème car, dans le cas contraire, il aurait disposé d'un excellent prétexte pour ne pas la rappeler et apaiser sa conscience.

Cette question lui rongea l'esprit tout l'après-midi. Il pensa un moment à appeler Imma pour lui demander son avis, mais il y renonça. S'il devait se résoudre à appeler Cindy, ce serait sa décision, et en aucun cas il ne voulait impliquer une autre personne dans son choix.

Il réfléchit à une manière de l'interroger sans trop en dire et tout en disant l'essentiel. Pas facile.

Il envisagea de l'appeler en masquant son numéro, mais il trouva vite cette procédure idiote. S'il ne disait pas qui il était, il ne serait pas crédible. De plus, il était le seul à savoir qu'elle avait récupéré les chats, donc elle n'aurait eu aucun mal à l'identifier. L'effet de cette tactique serait désastreux et pourrait faire rentrer Cindy dans une logique complotiste. La dernière chose dont il avait envie était d'être perçu comme le promoteur d'un complot, même imaginaire.

Il chercha ensuite à inventer un mensonge crédible qui n'impliquerait pas La Maladie. Pour quelle raison Cindy devrait-elle se méfier des chats à part pour éviter la transmission du virus ?

Cela pourrait être une autre maladie propre aux chats. Mais quelle serait sa légitimité, et donc sa crédibilité, sur ce thème ?

Il pourrait inventer une analyse post-mortem qui aurait décelé un risque. Mais cette procédure n'était pas dans le protocole de VHAD que connaissait bien Cindy.

Il pourrait se baser sur un testament imaginaire qui confierait les chats à une personne désignée par Héléna.

Cette solution lui sembla, dans un premier temps, intéressante. Mais il retomba sur son problème de légitimité ; pourquoi en tant que médecin serait-il au courant de cette décision ? Qui aurait pu le mandater pour effectuer cette démarche ? Pourquoi lui aurait-on confié la tâche de passer le message ?

Encore une impasse.

Il se résolut à dire la vérité. C'était la seule solution crédible. Restait à trouver la bonne manière de le dire.

Il essaya de construire un discours à la fois précis, rassurant et légitime.

Il travailla dans sa tête à quelques phrases. Il les voulait courtes, précises et rassurantes. Lourde tâche !

Vers 18 heures, il avait pris sa décision. Il ne pouvait pas ne pas la prévenir, il fallait l'appeler, qu'importe sa réaction et les conséquences à moyen terme de cet appel.

Il composa le numéro de Cindy. Il entendit les sonneries s'égrainer lentement. Elle décrocha et prononça le traditionnel « allô ».

Ce n'était pas le « allô » joyeux que l'on prononce quand on sait qui appelle et que l'on est content d'entendre sa voix, ni le « allô » légèrement agacé qui accompagne l'appel d'un indésirable que l'on est obligé de prendre.

C'était le « allô » légèrement inquiet qui accompagne l'appel d'un inconnu à qui on répond quand même en pensant prendre un risque.

Cyril se présenta et lui rappela qu'ils s'étaient croisés au domicile de Madame Perechenko quelques jours auparavant.

Elle lui répondit qu'elle se souvenait bien de lui, mais il sentait bien que le fait qu'il se présente et qu'elle l'ait identifié ne la rassurait pas. Il devina qu'elle pensait « Pourquoi m'appeler un samedi soir, pendant un jour de repos ? »

Il ne la laissa pas trop se poser de questions et enchaîna :

« Je suis désolé de vous déranger à cette heure, mais j'ai une question à vous poser, sans grande importance. »

Il lui laissa assimiler cette information et reprit :

« Puis-je vous demander ce qu'il est advenu des chats de Madame Perechenko ? »

Ça y est, il avait lâché le morceau, le plus dur était fait, il lui restait à gérer le choc et les conséquences de sa petite phrase.

Il sentit son interlocutrice interloquée par la question. Elle resta silencieuse quelques secondes et lui demanda :

« Pourquoi, pourquoi me posez-vous cette question ? »

Cyril hésita et lui répondit en bafouillant :

« Heu, je savais qu'Héléna était très attachée à ses chats et je voulais savoir ce qu'ils étaient devenus. »

Aussitôt, sa phrase terminée, il se sentit ridicule. Elle s'en aperçut sans doute et lui répondit avec une posture offensive :

« Vous m'appelez un samedi soir pour me demander des nouvelles des chats d'une personne décédée ? Vous n'avez rien de mieux à faire ? Si vous avez envie de coucher avec moi, vous perdez votre temps et ce n'est de toute façon pas la bonne manière de me draguer. »

Cyril se sentit en difficulté et essaya de se rattraper :

« Non, non rassurez-vous, je n'ai aucune intention de ce genre, je veux simplement savoir ce qu'il est advenu des chats d'Héléna. »

Il la sentit se calmer, mais elle restait sur ses gardes. Elle prit un temps pour préparer sa réponse et il sentit une crainte l'envahir :

« Vous pensez que j'ai commis une faute en emmenant ces chats ? J'ai agi dans le cadre du contrat que j'ai signé. Je dois libérer les lieux des animaux domestiques de la personne décédée. D'habitude, je les confie à la SPA mais cette fois-ci je les ai gardés, il n'y a pas de quoi me causer des ennuis auprès de la direction. »

Subitement, elle changea de ton :

« Ne faites rien contre moi s'il vous plaît, j'ai besoin de ce travail pour élever mes enfants et je le fais de mon mieux. »

Il la devina submergée par une sorte de panique :

« Depuis que j'ai perdu mon poste de laborantine, je galère, mon mari a aussi perdu son travail, c'est vraiment compliqué d'élever deux enfants avec un seul revenu. »

Il se rendit compte alors que Cindy faisait partie des salariés licenciés quand la mise en place de VHAD avait tari le marché des laboratoires d'analyse médicale.

Cyril n'avait pas imaginé que la conversation prendrait cette tournure. Il chercha à calmer le jeu :

« Vous vous méprenez sur mes intentions, je ne veux en aucun cas vous nuire, et même si j'en avais l'intention, je n'aurais aucun moyen de le faire. Je voulais simplement savoir ce que vous aviez fait des chats, rien de plus. »

Elle reprit son ton offensif :

« Qu'est-ce que vous en avez à foutre ? »

Le ton était sec, sans appel.

Il sentit qu'il était dans une impasse. Il se sentit en situation d'échec et reprit en forme de conclusion :

« Je ne vais pas vous déranger plus longuement, excusez mon insistance. »

Puis il ajouta presque malgré, lui :

« Essayez de ne pas les mettre en contact avec des personnes âgées. Bon week-end. Encore désolé du dérangement. »

Il raccrocha sans attendre sa réaction.

Il resta immobile, frappé de torpeur. Il réfléchit longuement, essayant de digérer la conversation qui venait de se terminer. Il se sentait ridicule. Rien ne s'était passé comme il l'avait envisagé, il avait été lamentable. Quelle idée avait-il eu de passer ce coup de fil !

Il essaya de mesurer les conséquences de ses paroles. Après ces quelques minutes de stupeur, son cerveau se remit à fonctionner rationnellement.

Il se remémora les détails de sa conversation en essayant de l'analyser. Il avait découvert un peu l'histoire personnelle de Cindy Laporte. Il n'imaginait pas qu'elle faisait partie de cette catégorie de laissés-pour-compte du système, des travailleurs pauvres. Le mouvement des gilets jaunes s'était déroulé dix ans plus tôt mais il restait dans les mémoires comme un grand moment de révolte qui avait ébranlé le pouvoir.

Pourtant, une fois cette information assimilée, il se dit qu'il avait pourtant toutes les données pour comprendre sa situation dès leur première rencontre.

Sa principale question était : comment allait-elle réagir ?

Il essaya d'imaginer différentes attitudes : ne rien faire par peur de perdre son contrat, alerter la direction de VIVRE, mais là aussi c'était risqué pour elle.

Elle pouvait aussi ne rien faire. Il se disait que, dans de telles circonstances, un ami ou une compagne aurait pu le conseiller et l'aider à passer ce moment compliqué. Soudainement, sa solitude lui pesait.

Il se leva et tourna en rond autour de son canapé à grands pas. Après quelques minutes de déambulation, il se calma et se rassit.

Il retrouva un peu de sérénité et se dit qu'à présent le mal, si mal il y avait, était irrémédiablement fait.

Pour calmer son stress, il ouvrit une bouteille de Mercurey, le vin qu'il buvait à de rares occasions, qui étaient en général heureuses. Ce soir, il fera une exception.

Achères – samedi 10 avril 2027 – 11 heures 30

Cindy resta immobile, le téléphone à la main, après que l'appel fut coupé. Elle se demanda ce que tout cela signifiait. La peur l'envahit, elle se mit à pleurer.

Elle était seule, son mari avait trouvé une mission d'intérim et travaillait comme préparateur de commandes dans un grand centre de distribution de colis. Ses enfants étaient chez des copains et elle préférait ne pas trop savoir ce qu'ils faisaient.

Elle maudit le sort qui la poursuivait : elle ne comprenait pas vraiment le but de l'appel du docteur Agopian, mais il ne présageait rien de bon. Elle se remémora la conversation et regretta d'avoir été très violente dans ses propos. Sa colère avait pris le dessus malgré elle.

Elle s'était laissé déborder par sa peur de perdre les chats. Elle savait que le fait de les avoir récupérés pour les confier à ses parents était une entorse à son contrat, mais elle n'avait pas l'impression d'avoir fauté. Elle essaya de se calmer, de faire abstraction de sa colère et de recouvrer un minimum de sang-froid.

Sa peur panique se transforma en colère froide. Encore un coup dur, encore une tuile sur la tête !

Elle avait agi sans trop réfléchir. Guidée par la haine de son employeur, elle était envahie par des pulsions destructrices. Il fallait qu'elle règle ses comptes avec le système.

La notion de « système » n'était pas très claire dans sa tête. Il pouvait s'agir des riches, des patrons, des hommes politiques, des banquiers, des hauts fonctionnaires, des médias…

« Je n'ai pas mérité ça ! », pensa-t-elle, « Je ne demande qu'à vivre tranquillement avec ma famille et mes amis. Pourquoi le monde est-il si injuste ? Cette fois-ci, je ne me laisserai pas faire, je me battrai pour garder ces chats, ne serait-ce que pour leur éviter une mort certaine dans un centre de la SPA. »

Elle se souvint qu'elle avait, dix ans auparavant, participé au mouvement des gilets jaunes, et qu'elle avait gardé quelques amis parmi ceux-ci. Même si elle n'était pas à l'époque dans la difficulté, elle comprenait ce que ressentaient beaucoup de personnes de son entourage. Elle côtoyait beaucoup de femmes seules avec des enfants, des ménages avec un seul salaire et des précaires en tout genre, et se sentait solidaire de leur sort. Elle pensait qu'elle-même n'était pas à l'abri d'un déclassement à plus ou moins court terme.

Elle n'avait par ailleurs jamais été tentée par l'adhésion à un syndicat et, de toute façon, dans son entreprise, il n'y en avait pas.

Elle chercha dans le répertoire de son portable un nom, une personne qui pourrait l'aider à faire le point sur tout ce qu'il lui arrivait et, peut-être, à trouver un moyen d'agir.

Elle trouva enfin le numéro d'Élodie, une camarade de rond-point. Elle l'appela, et celle-ci répondit aussitôt :

« Bonjour Cindy, quel bon vent t'amène ? »

Cindy alla droit au but et vida son sac sans forcément de cohérence dans ses propos. Son monologue dura quelques minutes sans qu'Élodie l'interrompe.

Quand Cindy eut craché tout son ressentiment et sa colère, elle se calma. Élodie prit alors la parole et lui dit :

« En fait, tu as simplement reçu un appel chelou. Qu'est-ce qui te fait croire que tu risques quelque chose ? Il n'y avait aucune menace dans ses propos ? Juste des questions ? »

Ces propos eurent pour conséquence de calmer Cindy. Élodie avait raison, elle s'était énervée pour pas grand-chose.

Élodie ajouta :

« Tu pourrais l'appeler, ce docteur machin, il te donnera peut-être des explications ? »

Cindy acquiesça mollement. Cette perspective ne la réjouissait pas, mais, après tout…

Élodie profita du silence pour changer de sujet :

« En tout cas, je suis contente de t'entendre depuis le temps. As-tu gardé des contacts avec nos amis de l'époque ? Moi, je suis restée dans le combat mais j'ai changé de moyen d'action. Je pense que dans quinze jours on peut vraiment changer les choses et mettre dehors tous ceux qui sont responsables de ce qui t'arrive. Y'en a marre, les Français doivent récupérer le pouvoir sur leur vie. Tu sais que ton patron et le président sortant sont cul et chemise ? Ils font plein de business ensemble. Si on arrive à le virer, il fera moins le malin, Péllegrini. »

Cindy n'avait jamais fait le lien entre Péllegrini et le président sortant. Elle ne s'était jamais occupée de politique, et avait assez de problèmes dans la vie pour perdre son temps avec ces prometteurs de bonheur incapable de changer sa vie. D'ailleurs, quand ils la changeaient, c'était pour le pire.

Cindy promit à Élodie de rappeler le docteur et de lui raconter leur conversation.

Élodie lui fit promettre de se voir bientôt pour évoquer leurs vies depuis tout ce temps, et lui parler de ses nouveaux engagements qu'elle comptait bien lui faire partager.

# Chapitre XV

Versailles, le 17 avril 2027 – 19 heures 30

Cyril se présenta à l'adresse qu'il avait reçue par SMS à 19 heures 30 précises.

Après un après-midi tourmenté, il avait repris une grande partie de ses esprits et se sentait en état de jouer le rôle social que ses hôtes attendaient sans doute de lui. Il s'était convaincu que ce repas lui permettrait d'avancer dans la recherche de la vérité et permettrait sans doute d'effacer le fiasco du matin. Une petite voix au fond de sa conscience lui disait pourtant : « Ne te fais pas d'illusions, tu t'es mis dans la merde tout seul. »

Il sonna à la porte du pavillon (ou hôtel particulier ?), bâtisse imposante au milieu d'un jardin bien entretenu.

Il entendit le clic de la serrure électrique et la lourde porte de métal se mit doucement à s'ouvrir sans aucun grincement.

Dès que l'ouverture fut suffisante pour le laisser passer, il entra et vit Grebert sur le pas de la porte, qui l'accueillait avec un grand sourire. Il avança tandis qu'il entendit la porte se refermer derrière lui.

Grebert lui tendit la main et serra virilement la sienne :

« Content de te voir depuis le temps. Il a fallu une histoire de chats pour que nous nous revoyions. »

Cyril en conclut que son épouse lui avait raconté en détail leur conversation, ce qui ne le surprit pas outre mesure. Il lui répondit d'une banalité de circonstance :

« En effet, nos chemins se croisent toujours de manière inattendue. »

Cyril suivit Grebert dans le couloir de la demeure jusqu'à un salon où l'apéritif était déjà servi.

Il tendit le bouquet de fleurs qu'il avait acheté l'après-midi à Christine, qui l'accueillit avec un grand sourire. Pour pallier sa carence en matière de symbolique des fleurs, il avait demandé conseil à son fleuriste qui lui avait indiqué que la pivoine mauve symbolisait l'amitié. Réponse qui lui convenait parfaitement. Il avait toute confiance en Marco, qui exerçait son métier avec une sensibilité touchante. Il faisait appel à lui tous les ans pour garnir la tombe de son père à l'occasion de l'anniversaire de sa mort. À chaque fois, Marco lui demandait de lui raconter une anecdote marquante, et il créait une composition florale inspirée par ce souvenir.

Pour le bouquet de Christine Grebert, il ne s'était pas autant investi, une composition simple à base de pivoines suffisait.

Outre Christine Grebert, un autre couple était assis dans les fauteuils de cuir anglais. Ils se levèrent tous pour saluer Cyril chaleureusement en se présentant.

La femme du couple s'appelait Gisèle et l'homme Pierre-Marie. Ils avaient tous deux la bonne cinquantaine alerte. Leur allure de bons bourgeois bien élevés, avec dans leur regard une bienveillance polie, était sans doute le signe de leur bonne éducation catholique. Ils correspondaient parfaitement à l'idée que Cyril se faisait des personnes que Christine pouvait fréquenter.

La maîtresse de maison (c'est en ce terme qu'elle se comportait instinctivement) servit à Cyril une coupe de champagne et lui tendit le plateau de petits fours en lui intimant de servir, ce qu'il fit volontiers.

La conversation s'engagea sur les banalités d'usage : la circulation, les aléas du temps de route entre deux villes de l'Île-de-France, les difficultés à se garer…

Gisèle était presque caricaturale : rien dans son langage ne pouvait prêter à polémique, tout ce qu'elle disait était parfaitement calibré afin de ne pas choquer, et se terminait par une expression de synthèse du genre : « Chacun voit midi à sa porte », « il y a du bon et du mauvais en tout », « il est toujours difficile de juger sans connaître tous les éléments du sujet »…

Il repensa intérieurement à une expression qu'affectionnait Marcel Van den Buch quand il parlait des gens sans personnalité qu'il méprisait : il n'est ni pour ni contre, bien au contraire !

Gisèle faisait (selon elle) le plus beau métier du monde : mère au foyer. Elle avait élevé les quatre enfants du couple qui maintenant volaient presque tous de leurs propres ailes, ce qui lui laissait maintenant du temps pour s'occuper d'associations caritatives et, bien évidemment, de son mari.

Il apprit, au cours de la conversation, que Pierre-Marie était vétérinaire, comme Christine, et qu'il travaillait dans une entreprise de nourriture pour animaux domestiques. Cyril commençait à penser que le hasard n'était que pour peu de choses dans la liste des invités de ce soir.

Pierre-Marie était fort aimable et sa conversation très enlevée. Contrairement à son épouse, ce dernier était capable de transgressions verbales enrobées dans des traits d'humour assez raffinés. Cyril sympathisa avec lui et une complicité naturelle naquit assez vite entre eux. Ils mirent assez rapidement en évidence des points d'intérêts communs, dont le rock progressif des années 1970, sujet devenu ringard s'il en est.

Après l'apéritif, ils passèrent à table dans la salle à manger contiguë.

Le repas servi était léger et de bonne tenue : salade d'avocat, bar rôti au lait de coco, panacotta aux fruits exotiques. On pouvait sentir dans cette cuisine la volonté de conjuguer les saveurs raffinées avec un sens avéré de la diététique.

Dans chaque plat, il y avait une petite touche originale qui le faisait sortir de l'ordinaire, sans pour autant le dévoyer. Cyril détestait la tendance à inventer des variantes absurdes aux plats traditionnels.

Christine revint, juste avant le dessert, sur leur rencontre de la semaine dernière.

D'abord, pour en savoir un peu plus sur Imma qui, visiblement, l'intriguait. Cyril répondit à ses questions sans trop s'étendre en précisant toutefois qu'il ne s'agissait pour lui que d'une relation de travail et qu'il ignorait tout de sa vie personnelle.

Christine revint alors sur leur réunion et sur le sujet dont ils avaient débattu. Elle lui dit qu'elle y avait repensé et qu'elle comprenait la volonté des pouvoirs publics d'anticiper une situation de crise liée à la présence d'animaux potentiellement contaminants.

Elle ajouta que : ce qui ne posait pas de problème moral pour les vaches, les porcs et les poulets en poserait pour les chats et les chiens.

Cyril eut un petit soubresaut de surprise qu'il essaya instantanément de masquer. Il ne se souvenait pas que le sujet ait été abordé en ces termes lors de leur conversation.

Il lui répondit en hésitant :

« Nous n'en sommes pas là, à ma connaissance, aucun plan n'est à l'étude dans ce domaine. Comme te l'a expliqué Imma, nous sommes juste dans l'exploration d'hypothèses peu probables mais à fort potentiel de dégâts. » Il sentait bien que ses propos ne l'avaient pas convaincue.

Il ajouta, pour sauver la mise :

« De toute façon, je ne suis pas assez proche du pouvoir pour être associé à ce type de décision, si toutefois, prise de décision il doit y avoir. »

Gisèle détourna involontairement la conversation en intervenant sur le rôle essentiel que jouent les animaux de compagnie dans le bien être des personnes âgées. D'ailleurs, dans l'association de soutien moral aux personnes âgées isolées dans laquelle elle travaillait bénévolement, un grand soin était apporté au bien être des compagnons à quatre pattes.

Visiblement peu intéressé par le sujet, Alain Grebert reprit la parole pour orienter la conversation sur son sujet de prédilection : le matraquage fiscal et social des professions libérales.

Cyril connaissait ce discours par cœur, car c'était un *leitmotiv* des réunions de médecins de ville.

Pierre-Marie eut la bonne idée d'orienter la conversation sur les goûts musicaux de Cyril. Ils évoquèrent leurs souvenirs de jeunesse, les vinyles achetés avec leur argent de poche, les galères pour trouver un copain qui avait une voiture pour les emmener aux concerts.

Pierre-Marie l'invita à venir consulter sa collection de vinyles, souvenirs de son adolescence, qu'il avait soigneusement sauvegardés. Il disposait en particulier d'un album de Gong, groupe confidentiel que Cyril avait vu sur scène en 1977 dans une petite salle à Denain.

Ils échangèrent leur téléphone et se promirent de s'appeler rapidement.

Cyril laissa le repas se terminer et prit congé de ses hôtes dès que le café fut servi.

Il rentra cependant chez lui avec un goût amer : celui d'avoir été piégé par son manque de retenue. Il s'était trahi en réagissant perceptiblement aux affirmations de Christine.

Il sentait confusément que cette dernière l'avait invité pour lui tirer les vers du nez sur les véritables raisons de leur rencontre et qu'elle était parvenue à ses fins.

Il tenta de se rassurer en évoquant sa propre paranoïa latente et son sens de la dramatisation excessive, lié à sa surconsommation de films policiers.

# Chapitre XVI

Les Lilas, le 18 avril 2027 – 10 heures

Cyril s'était levé à 8 heures, encore perturbé par sa conversation téléphonique de la veille avec Cindy Laporte.

Conformément à ses habitudes, il mit la radio pour écouter les nouvelles du jour, consacrées essentiellement au premier tour du scrutin qui se déroulait ce jour. Il se refusait à regarder à la télé ces images de candidats mettant leur bulletin dans l'urne en posant avec un sourire convenu. Le pire était le commentaire du journaliste, souvent stagiaire, qui relatait ce fait sans intérêt et qui voulait laisser croire qu'un événement fondamental venait de se produire. Le seul événement digne de commentaires, selon lui, serait qu'un candidat n'aille pas voter pour lui. Peut-être que Franck Capra aurait pu en faire une idée de film.

Il se résolut à aller voter vers 11 heures. Il sortit et traversa son quartier pour se rendre au bureau de vote. Les rues grouillaient de vie, d'odeurs et de musiques diverses.

Il n'aurait pas pu vivre dans une ville culturellement homogène. Petit, sa grand-mère lui racontait les rues de Smyrne (que les Turcs appelaient Izmir) de sa jeunesse, et il avait plus ou moins consciemment voulu les retrouver aux Lilas.

Il jeta un coup d'œil aux étals des boutiques orientales et dressa une liste de courses dans sa tête en se disant qu'il ferait des emplettes dans le quartier en revenant.

Les rues étaient calmes, le printemps s'était bien installé, et les fleurs commençaient à embellir les balcons. Il prit son temps et fit quelques détours afin de profiter de cet instant.

Soudain, son téléphone sonna. Ce n'était pas son téléphone personnel mais le smartphone du travail. Il le sortit de sa poche, et regarda le numéro qui s'affichait. Il ne le reconnut pas formellement, mais il ressemblait fort à celui de Cindy Laporte.

Il hésita puis décida de ne pas décrocher. Il craignait d'envenimer les choses, et après tout, on était dimanche.

Cet appel allait lui gâcher sa journée, il le sentait. Il regrettait vraiment d'avoir appelé Cindy la veille, il ne se souvenait même plus nettement des raisons impérieuses qui l'avaient poussé à composer son numéro de téléphone.

Il se demanda si elle oserait rappeler et essaya de se préparer à cette éventualité. Le plus simple serait de ne jamais décrocher. Vivant seul, il était sûr de ne pas éveiller les soupçons d'une compagne jalouse. Cette idée le fit sourire intérieurement malgré l'inconfort du moment présent. Il se souvenait avec peine de situations de cet ordre qu'il avait rencontrées à la fin de sa vie de couple officielle. Mais il chassa vite cette pensée funeste.

Il fit les courses prévues chez les épiciers de son quartier en traînant un peu. Il essayait de se libérer des pensées inquiétantes qui habitaient son esprit. En vain.

Il échafauda des scénarios tous aussi nuls les uns que les autres. Il essaya de se la jouer *carpe diem* mais ce n'était pas son fort. Avec le temps, il avait appris à se connaître, et il savait qu'en cas de stress, sous son calme apparent, l'inquiétude faisait des ravages et provoquait des envies de sucre, de gras et d'alcool.

Il avait beau mettre de la distance, un mal insidieux le rongeait.

Derrière cette insistance, il pouvait y avoir une volonté de savoir, voire à terme, une volonté de nuire. Il s'en voulait beaucoup de la dernière phrase qu'il avait prononcée lors de sa conversation avec Cindy. Il aurait voulu rembobiner et effacer la bande, mais c'était impossible. Dans ces cas-là, il avait toujours des idées irréalistes qu'il s'efforçait de chasser de son esprit.

Il se laissait aussi aller à imaginer le pire : Cindy se plaignant auprès de son supérieur du harcèlement de Cyril, l'information remonterait à Péllegrini, Cyril serait licencié. Il avait signé un engagement de confidentialité, la faute grave serait facile à prouver.

Toutes ces pensées ne le menaient à rien et il essaya de trouver un moyen d'y échapper, de penser à autre chose.

Il n'avait jamais fumé ni tabac ni herbes prohibées. Il avait toujours eu une peur panique de devenir dépendant. Il se rendit dans un salon de thé oriental dans la rue d'à côté, et se goinfra de baklava. Ce gâteau au miel était une des spécialités de sa grand-mère arménienne, sa madeleine, son remède contre les peines et les angoisses. Aucune n'avait vraiment le goût de ceux de sa grand-mère, ceux-ci, fabriqués par une excellente pâtisserie, feraient l'affaire pour aujourd'hui.

Les Lilas, dimanche 18 avril 2027 – 14 h 30

La sonnerie de son téléphone le tira de son sommeil. Il sortit de sa torpeur tout en essayant de nettoyer ses dents pleines de feuilles de brick et de miel.

Il vit le nom de Imma s'afficher et se demanda quelle était la raison de cet appel, un dimanche après-midi.

Il répondit et se contenta d'un « bonjour Imma ». Il savait bien qu'elle prendrait la parole pour lui expliquer la raison de son appel :

« Bonjour Cyril, je t'appelle car je viens de découvrir un élément important grâce aux images collectées. »

Elle fit une petite pause et enchaîna :

« Tu te souviens que nous avions évoqué lors de notre dernière réunion la possibilité d'une contamination par la nourriture pour chat ? Eh bien, j'ai demandé un traitement des images et j'ai reçu les résultats ce matin. En fait, tous les chats des patients décédés ont été nourris par le même produit, une marque inconnue qui se présente sous la forme de croquettes ou de pâté. Le point commun de tous ces décès n'est pas de posséder un chat mais d'utiliser la nourriture pour chat de cette marque. Ce que nous ne savons pas, c'est si les patients qui n'utilisent pas cette marque sont aussi victimes de morts prématurées. »

Cyril écoutait attentivement ces paroles, tout en réfléchissant aux conséquences de cette découverte.

Il confia à Imma ses premières déductions :

« Selon toi, la cause de la mort des patients pourrait donc venir de leur nourriture. »

Il fit une pause et renchérit :

« Comme nous ne faisons pas d'examen post mortem, nous avons systématiquement mis sur le dos de La Maladie, la responsabilité des décès. Ce que tu viens de découvrir change radicalement la donne. »

Après avoir un peu discuté de cette éventualité, ils décidèrent de demander un rendez-vous avec Péllegrini hors de la présence des deux autres membres de la cellule de crise.

En raccrochant, il sourit intérieurement de cette formulation « cellule de crise ». Elle était vraiment kitch.

Les Lilas, dimanche 18 avril 2027 – 19 h 45

Sur les plateaux de télévision, la tension était à son paroxysme. Du moins, c'est ce que disaient les commentateurs avec leur palette assez restreinte de formules toutes faites.

Les analystes politiques étaient de sortie, les mêmes depuis quarante ans, prêts à assener leurs commentaires souvent plats et toujours convenus.

Installé confortablement dans son canapé, Cyril s'apprêtait à assister à une soirée électorale dont les résultats seraient sans doute décisifs pour son avenir professionnel.

Cyril s'était préparé un plateau repas genre mezze avec les ingrédients achetés le matin même. Un peu de houmous, du tzatzíki, du caviar d'aubergine, du guacamole, des crudités. Le guacamole était une intrusion mexicaine dans ce plateau moyen-oriental, mais en cuisine comme dans les autres domaines, Cyril restait ouvert à toutes les cultures.

Il avait réussi à trouver des *lavash* dans une petite boutique orientale, le repas serait donc parfait.

D'après les instituts de sondage, la participation avait encore baissé et se situait aux alentours de 55 %.

Le matin, il avait voté blanc. Aucun des candidats ne l'inspirait vraiment. Cependant, il était impatient de connaître les résultats du premier tour.

Le moment décisif arrivait. Les animations chiffrées étaient prêtes, les commentaires à chaud écrits. La musique dramatique était calée et n'attendait que le clic (si cette musique était déclenchée par un clic de souris) de départ.

Le présentateur avait un brushing parfait, et son costume des grands jours. Le chronomètre égrainait les minutes, puis les secondes.

À 20 heures pile, il prit son ton le plus solennel pour annoncer les résultats au moment même où ils apparaissaient sur les écrans.

Pour les deux premiers, seul l'ordre d'arrivée serait important. Kévin Martinez était en tête avec vingt-huit pour cent des suffrages, devant le candidat sortant avec vingt-cinq pour cent.

La surprise du scrutin était de taille et résidait dans le nom du troisième : Hervé Gouillard.

Le parti de la défense des animaux avait recueilli douze pour cent et demi des voix. Ce score se situait au-dessus des meilleurs sondages réalisés une semaine avant le scrutin.

Certes, Hervé Guillard était éliminé, contrairement à ses prédictions, mais ses électeurs seraient en mesure de faire basculer l'élection.

Cette perspective occupait les esprits et les débats. Cyril trouvait la situation un peu cocasse : qui aurait imaginé que la protection des animaux serait le thème central de la campagne du second tour ?

Le taux de chômage était élevé, la situation sanitaire restait incertaine, le monde devenait de plus en plus dangereux, mais c'était le sort futur réservé à nos amis les bêtes qui serait la clé du résultat.

Après quelques secondes de réflexion, son amusement se transforma en effroi. Dans quel monde vivait-il ?

Qu'est-ce qui avait fait la raison dérailler et l'accessoire sentimentaliste primer sur les vrais problèmes ?

Malgré les deux heures d'avance qu'avaient les analystes (les premiers sondages sortaient vers 18 heures), ceux-ci n'arrivaient pas à analyser ce phénomène. Ils semblaient même ne pas trop prendre au sérieux ces résultats. Ils étaient dépassés. Au diable l'immigration, le chômage, l'insécurité ressentie ou réelle, la politique de santé, l'écart croissant de revenu entre les pauvres et les riches ou le diktat de Bruxelles. La protection des animaux avait mobilisé près d'un électeur sur huit.

Les scores des deux premiers candidats étaient conformes aux prévisions, et l'affrontement entre ces deux prétendants avait soigneusement été programmé. Chacun de ces deux protagonistes trouvait un intérêt à figurer contre l'autre au second tour.

Le sortant était persuadé de ne courir aucun risque contre le parti LFDA qui était détesté par une partie jugée suffisante du corps électoral. Tous les sondages des dernières semaines le donnaient vainqueur, quel que soit l'adversaire.

À 20 heures 30, Hervé Gouillard intervint en direct de son quartier général.

Il avait retrouvé la superbe de sa jeunesse, il rayonnait et s'apprêtait à cabotiner avec l'emphase qui le caractérisait depuis qu'il avait endossé son nouveau rôle de défenseur des animaux.

Son intervention fut sans surprise : il remercia ses électeurs, il se félicita de son résultat, il affirma que son combat avait pris une dimension nationale et que rien ne serait plus comme avant.

Il avait toujours pris soin de ne jamais se prononcer sur une éventuelle consigne de report. Il ne changea pas d'attitude tout en affirmant qu'il se prononcerait peut-être dans les prochains jours.

Il consulterait les deux candidats et leur demanderait d'inclure dans leur programme les mesures qui lui semblaient essentielles.

Les journalistes présents le relancèrent avec insistance, mais il prit soin de se retirer rapidement en feignant de ne pas entendre leurs questions.

À la suite de cette déclaration, les commentateurs apparurent encore plus dubitatifs. À part dire que les reports seraient déterminants et que le sort du second était plus ouvert que jamais, ce qui restait une évidence, ils ne trouvèrent rien de plus saillant à dire.

Les deux candidats se réclamant de l'écologie s'étaient quant à eux effondrés. Ils ne recueillaient à eux deux que dix pour cent des voix, soit beaucoup moins que Gouillard seul. La maison brûlait, tout le monde en a conscience, le réchauffement climatique était devenu la préoccupation majeure des Français… mais aucun parti n'était capable de transformer cette inquiétude en voix.

Certes, tous deux avaient bien pris en compte cette préoccupation croissante dans leur programme, mais ils n'en avaient pas fait un thème central. Cherchez l'erreur.

Le plus drôle restait à venir. L'intervention des représentants des deux qualifiés au second tour ne manquerait pas de piquant. Il leur faudrait convaincre que leur candidat était le plus proche des idées d'Hervé Gouillard. Cyril imaginait les équipes des candidats plancher sur ce thème de manière à diffuser rapidement des éléments de discours à leurs représentants sur les plateaux.

Manque de bol, aucun des deux candidats n'avait posé avec son animal domestique préféré ni fait d'intervention déterminante sur ce thème. Leurs conseillers les avaient sans doute convaincus des effets clivants de ce thème : que l'on se prononce pour ou contre la chasse, on se met une partie de la France à dos. Celui qui se déclare végétarien ou affirme son amour de la viande perd aussitôt une partie de l'électorat.

À la télévision, les déclarations des perdants se succédaient avec un art consommé de la reconstruction de la réalité : on a perdu mais on a moralement gagné quand même.

Vers 23 heures, les premières projections sur les seconds tours furent disponibles. Elles étaient serrées. La certitude pour le sortant d'être réélu devenait incertaine. Il n'avait pas perdu mais sa victoire n'était plus automatique. Concernant les voix d'Hervé Gouillard, les sondages d'intention de vote recueillis à la sortie des urnes indiquaient les reports suivants : un tiers pour le sortant, un tiers pour Kévin Ramirez et un tiers d'abstention.

Ces données ajoutaient encore à la confusion et désespéraient à la fois les supporteurs des candidats et les commentateurs. Cyril imaginait ces brillants analystes politiques penser : « les Français sont des cons ».

Évidemment, ils ne pouvaient pas affirmer un avis aussi tranchant et violent. Ils se contentèrent de pointer les incohérences de l'électorat, de la dispersion des voix sur des candidats qui ne portaient pas un projet d'ampleur nationale, ils réaffirmaient les cassures profondes entre les Français et les élites qui les gouvernaient et le discrédit de la classe politique.

Cyril ne se souvenait pas à partir de quand ce discours était devenu une rengaine qui tournait à vide.

Cyril se demanda si la question qui l'occupait – les chats transmettent-ils le virus ? – pouvait modifier les résultats de l'élection si ce débat venait à transparaître. Cette pensée le ramena vers Cindy Laporte et sa menace, et le replongea dans ses questions sans réponse.

Il consulta l'écran de son smartphone dont il avait coupé la sonnerie en fin d'après-midi. Il vit trois appels en absence en provenance de Cindy Laporte.

Sa fin de soirée et sa nuit s'annonçaient perturbées.

# Chapitre XVII

Les Lilas, le 19 avril 2027 – 9 heures

La situation politique inédite occupait tous les écrans et les conversations depuis la veille.

Cyril était dans l'attente de nouvelles consignes. Depuis la dernière réunion au siège du groupe VIVRE, Péllegrini n'avait donné aucun signe de vie. Le planning de Cyril restait vide pour ce début de semaine. Il n'avait pas de patients à voir pour l'instant. Il se demanda s'il devait continuer ses séances de travail avec Imma.

Il l'appela pour savoir si elle avait reçu des consignes ou si elle avait des nouvelles fraîches de Péllegrini.

Elle décrocha après quelques sonneries. Ils échangèrent les paroles d'usage et elle embraya aussitôt sur la percée inattendue de Hervé Gouillard. Il la sentit très concernée par cet événement. Elle avait déjà analysé la situation et avait sans doute des idées précises sur les causes de cet événement.

Il ne la laissa pas trop s'étendre sur le sujet et lui demanda si elle avait des nouvelles de Péllegrini. Elle lui répondit que non et que pour l'instant, il n'avait pas donné suite à sa demande de rendez-vous urgent. Elle imaginait qu'en ce moment, toutes les têtes pensantes entourant le président étaient mobilisées sur l'analyse et la production d'une stratégie adaptée.

Elle ajouta que, sauf événement imprévu (après tout, on en était plus à une surprise près), l'attitude la plus probable serait de laisser le sujet sous le tapis en attendant le second tour.

Le nombre de personnes impliquées était très réduit et on pouvait sans doute compter sur leur discrétion.

Elle imaginait que les deux membres des cabinets avaient fait des notes blanches en toute discrétion et que l'information devait dormir dans un parapheur sur le bureau des deux directeurs de cabinet.

Cyril lui demanda ce qu'était une note blanche. Elle lui répondit que c'était une note manuscrite non signée remise en main propre au destinataire. C'était la meilleure manière, pour les milieux proches du pouvoir, de transmettre des informations sensibles en ne compromettant ni l'auteur ni le destinataire.

C'était l'arme absolue contre le Canard Enchaîné. Si une de ces notes était copiée et transmise à ce journal satirique paraissant le mercredi, il était facile de dénoncer un faux et une manipulation.

Cyril demeura pensif et muet devant une telle analyse. Il y trouvait un soulagement. Après tout, son erreur du week-end serait peut-être sans conséquence. Dès le second tour passé, toutes les questions susceptibles de changer le sort de l'élection n'auraient plus aucune importance.

Cyril lui posa alors la question qui l'avait empêché de dormir toute la nuit : si l'hypothèse de la transmission du virus par les chats devait arriver sur la place publique, quelles pourraient en être les conséquences ?

Imma réfléchit quelques secondes, puis lui répondit :

« Il serait toujours possible de la nier, d'affirmer qu'il s'agit d'une rumeur infondée. Après tout, il n'y a aucune preuve et c'est une information difficile à exploiter, surtout dans le contexte actuel ; accuser les chats c'est envisager implicitement de les exterminer. Qui s'y risquerait ? »

Il est toujours possible d'attaquer le pouvoir actuel sur le mode « On nous cache des choses, ou Vous n'avez pas su anticiper une telle hypothèse » Mais à la question : « Que feriez-vous si vous étiez élu ? », les choses se compliqueraient et le candidat se retrouverait dans la même impasse politique que son concurrent.

Cyril admirait la puissance cynique du raisonnement d'Imma. Cependant, elle n'avait pas pris en considération sa bévue. Et si Cindy Laporte diffusait l'information qu'il lui avait donnée ?

# Chapitre XVIII

Les Lilas, le 20 avril 2027 – 10 heures 30

Cyril venait de se garer dans le parking du groupe VIVRE et se dirigeait vers les bureaux quand il vit Imma entrer dans le bâtiment d'un pas décidé.

Il la rejoignit dans le hall et, après s'être salués, ils se postèrent côte à côte devant la cage d'ascenseur.

La veille, elle l'avait appelé pour lui indiquer que, à la suite de son ultimatum, Péllegrini avait enfin répondu à sa demande et qu'ils étaient tous deux convoqués le lendemain au siège. Compte tenu du sujet abordé, la présence de tiers n'était pas souhaitable.

Imma avait aussi précisé à Cyril qu'elle disposait de nouveaux éléments très sensibles, sans lui donner d'autres précisions.

Cyril s'était dit qu'il lui ferait part de son ressenti particulier suite au repas chez les Grebert mais la brièveté de l'appel de Imma ne lui avait pas donné l'occasion d'évoquer le sujet.

Cette fois-ci, la réunion se déroulait dans le bureau de Péllegrini.

Ce dernier avait une mine défaite, il semblait ne pas avoir dormi depuis plusieurs jours. Imma avait un air grave qui laissait penser à Cyril que la réunion serait tendue.

Elle prit la parole rapidement pour exposer des faits nouveaux. Elle le fit avec un ton sérieux et une élocution lente et appuyée :

« Lors de notre dernière réunion, nous avions évoqué l'hypothèse d'une contamination autre que par les chats. Nous avions en particulier envisagé une origine possible dans la nourriture pour chats. J'ai donc investigué à partir des images recueillies par les colliers capteurs et j'ai ai tiré plusieurs informations cruciales : premièrement, tous les chats des victimes mangeaient la même marque de croquette ou pâté. »

Cyril connaissait cette information, et ne fut donc pas surpris.

« Deuxièmement, on n'a trouvé à ce jour aucune victime chez les patients qui n'utilisent pas cette marque. Troisièmement, l'hypothèse d'une transmission par la nourriture pour chats permet de répondre à la question que nous nous sommes posés sur l'origine de la contamination, qui était : comment des chats qui ne quittent jamais l'appartement de leur maître auraient pu contracter le virus ? »

En trente secondes, elle avait assené une série d'uppercuts qui avaient assommé Péllegrini.

Il resta silencieux quelques instants, puis il prit la parole d'une voix tremblante et hésitante qui laissait entrevoir la tempête qui dévastait son crâne :

« Ne nous affolons pas et gardons la tête froide. Ce que vient de dire Imma pourrait laisser penser que les décès de nos patients sont liés directement à la nourriture de leurs chats, mais il ne faut en aucun exclure une autre cause. Vous avez conscience, comme moi, de l'usage qui pourrait être fait de cette information en cette période compte tenu du contexte politique. Il faut donc qu'elle reste entre nous et que personne d'autre ne soit au courant de ce qui reste à ce jour une hypothèse. »

Cyril prit la parole :

« Ne serait-il pas prudent de demander aux patients de cesser d'utiliser cette marque ? »

Péllegrini réfléchit longuement et répondit :

« Je n'en vois pas l'utilité pour l'instant. Il y a un risque de surinterprétation. Vous savez comment sont les gens, le principe de précaution excessif est souvent source de confusion. »

Sur le principe, Cyril ne pouvait que souscrire à cette affirmation. Il se souvenait que la découverte de la contamination du VIH par la transfusion avait fait s'effondrer les dons du sang, sans qu'aucune raison scientifique ne le justifie.

Imma, plus tranchante, renchérit :

« Vous êtes prêts à assumer la responsabilité de nouvelles victimes du fait de la non-prise en compte de cette information ? »

Cyril vit une colère sourde monter en Péllegrini. Il lui répondit avec, dans la voix, une colère contenue :

« Moi j'ai le sens des responsabilités. Il y a beaucoup de choses en jeu. Si la panique se répand, nul ne peut en évaluer a priori les conséquences sanitaires, économiques et politiques. »

Imma et Cyril entendirent surtout le mot politique, tant les arrière-pensées de Péllegrini semblaient claires.

Ce dernier ajouta :

« Dois-je vous rappeler que vous avez signé un engagement de confidentialité ? »

Cette dernière phrase était lourde de menaces.

Imma referma son ordinateur portable d'un geste, le rangea rapidement, ferma sa sacoche, regarda Péllegrini dans les yeux avec un regard plein de colère et tourna les talons. En quelques secondes, elle avait franchi la porte sans dire un mot.

Cyril rangea ses affaires à son tour et prit congé plus calmement, plus poliment, mais en n'en pensant pas moins.

En sortant, il se retourna et dit à son patron :

« Puisque j'ai signé, je me sens engagé et je respecterai ma parole. Je vous souhaite une bonne journée. »

Il ne prit pas le temps d'observer la réaction de Péllegrini.

## Chapitre XIX

Les Lilas, le 21 avril 2027 – 9 heures

Cyril Agopian avait passé une mauvaise nuit.

La réunion d'hier l'avait fortement ébranlé et il avait passé une grande partie de la nuit à y repenser.

Imma ne répondait pas à ses appels. Il n'en était qu'à moitié surpris.

Il ne savait par quel bout prendre le problème : sa responsabilité personnelle, son devoir de médecin, son engagement écrit, son avenir au sein du groupe VIVRE.

Il lui fallait agir pour se sortir de cette torpeur mortifère. Il venait de trouver : rencontrer Cindy Leblanc pour en savoir plus.

Cette démarche était potentiellement risquée mais elle l'aiderait à déterminer sa conduite durant les prochains jours. Il lui fallait en savoir plus afin de se dicter une conduite adaptée. Il but un café serré, prit son courage à deux mains, rechercha le numéro de Cindy dans la liste des appels en absence et l'appela.

Il y eut trois sonneries, puis elle décrocha. Il attendit le traditionnel « Allô », puis enchaîna :

« Bonjour Madame Leblanc, J'ai vu que vous aviez cherché à me joindre. Je ne pouvais pas vous répondre car j'étais très occupé. » Cette excuse lui sembla peu convaincante.

Sans lui laisser le temps de répondre, il ajouta :

« Je pense que mon appel de l'autre jour a dû vous perturber et je m'en excuse. Je voudrais vous parler de vive voix afin de répondre à toutes vos questions et vous en poser quelques-unes. »

Il se tut et la laissa parler.

Après quelques secondes, elle répondit :

« OK, vous voudriez me voir quand ? Je travaille jusqu'à 19 heures environ. »

Il interpréta sa réponse rapide et positive comme une envie d'en savoir plus et de prendre le problème à bras le corps.

Il lui répondit :

« Dites-moi où est votre dernier patient du jour et je vous rejoindrai à proximité. »

Elle lui donna rendez-vous à 19 heures 30 dans un café, passage Verdeau, à deux pas du domicile de sa dernière patiente.

Cela tombait bien, car Cyril aimait les passages, endroits discrets de Paris qui conservaient un charme particulier un peu hors du temps. Mais le moment n'était pas à la nostalgie du vieux Paris disparu.

Il arriva en avance au rendez-vous après avoir ruminé toute la journée ce qu'il allait lui dire sans vraiment construire un discours cohérent. Il but un verre de vin blanc en l'attendant.

Elle le rejoignit à 19 heures 15. Elle avait un regard soucieux. Il la pria de s'asseoir et de commander une boisson. Elle commanda un diabolo menthe.

Après les quelques mots d'usage, il enchaîna rapidement :

« Je voudrais d'abord m'excuser de mon silence après mon appel intrigant. Je vais vous expliquer le plus simplement possible l'objet de mon questionnement, et vous indiquer là où j'en suis. »

Il prit sa respiration et commença :

« Dans un premier temps, j'aimerais avoir votre parole d'honneur que cette conversation restera secrète jusqu'à nouvel ordre. Ce qui se passe est très important, pourrait être grave et nos emplois respectifs sont sur la balance. »

Elle lui fit oui de la tête. Il se contenta de cette réponse approximative et reprit la parole :

« Vous savez sans doute que le nombre de morts recommence à grimper dans notre patientèle et que je fais partie d'un groupe de travail qui cherche à en comprendre la cause. »

Il sentit Cindy se détendre et que son attention était au maximum.

« Nous avons découvert un lien entre la recrudescence de la mortalité et la possession de chats par les victimes, d'où mon interrogation sur le devenir des félins après le décès de leur propriétaire. Depuis, nous avons avancé sur le sujet. En fait, la cause du décès ne serait pas le chat lui-même, mais la nourriture qu'il mange. Je peux donc vous rassurer en cas de besoin : les quatre chats de Mme Perechenko ne représentent aucun danger pour ceux qui les ont adoptés. Il n'est dans l'intention de personne pour l'instant de vous les retirer. J'espère vous rassurer, si telle était votre inquiétude. »

Elle lui répondit dans l'affirmative en donnant l'impression d'un grand soulagement.

« En effet, je me suis fait beaucoup de films en tout genre. Ma mère peut donc garder les chats sans rien craindre ? Elle s'est attachée à eux maintenant. »

Cyril lui réaffirma ce qu'il lui avait dit quelques instants plus tôt.

Cyril profita de ce moment de détente, espérant un élan de confiance pour questionner Cindy :

« Vous qui voyez nos patients plus souvent que moi, que savez-vous sur ces boîtes de nourriture pour chat ? »

Elle se concentra quelques instants pour chercher ses mots et lui répondit :

« Ces boîtes font partie des options que les clients peuvent prendre. VHAD propose de fournir les patients dans tous les domaines à de bons prix : produits d'hygiène, alimentation de base… et nourriture pour animaux. Je crois savoir que la boîte a un fournisseur exclusif qui lui fait de très bons prix. Pour les commerciaux qui négocient les contrats, c'est un produit d'appel, car pour les propriétaires de chats la nourriture et la litière représentent un gros budget et une grosse contrainte. »

Cyril avait appris, au travers des propos de sa mère, que les chats mangeaient beaucoup et qu'il fallait prévoir un budget et un stock conséquent de nourriture.

Cette révélation fit l'effet d'un coup de poignard dans le cœur de Cyril. Il venait de recevoir l'élément clé pour comprendre l'attitude de

Péllegrini : s'il freinait la prise en compte de la responsabilité de la nourriture dans la contamination, c'était pour des raisons économiques et personnelles. La divulgation de cette information mettrait certes en péril la réélection du Président actuel, mais pourrait provoquer aussi l'effondrement du groupe VIVRE.

Cyril eut soudain une idée :

« Disposeriez-vous d'une de ces boîtes ou d'un paquet de croquettes ? »

Cindy lui répondit par l'affirmative :

« Je suis tenue d'en avoir un petit stock dans ma voiture de fonction, cela permet de ne jamais laisser nos clients sans solutions. Souvent, l'alimentation de leurs chats a plus d'importance que la leur.

« Vous pourriez m'en donner un échantillon ? »

Cindy lui répondit :

« Aucun problème, accompagnez-moi à ma voiture et vous n'aurez qu'à vous servir ».

Il la suivit dans le parking souterrain où elle était garée. Elle ouvrit son coffre de voiture et l'explora pour trouver une barquette de pâté et une boîte de croquettes qu'elle confia à Cyril.

Dès qu'il fut en possession de ces produits, il remercia Cindy et la laissa s'éloigner en voiture. Il crut voir dans son regard, quand il la salua, une colère froide.

La découverte qu'il venait de faire l'avait profondément révolté. Il était maintenant décidé à franchir les limites qu'il s'était fixées pour savoir enfin la vérité, et se sentait prêt à en assurer les conséquences.

Il sortit son téléphone et appela Pierre-Marie pour lui demander un service, geste qui aurait été pour lui impensable quelques heures auparavant.

# Chapitre XX

Saint-Cyr-l'École – le 22 avril – 20 heures

Cyril sonna à la porte de l'immeuble où habitait Pierre-Marie. La résidence semblait dater des années 70, bâtie dans un quartier réservé à la classe moyenne supérieure.

La porte s'ouvrit et il pénétra dans un couloir pavé de marbre. Il prit l'ascenseur et monta au quatrième étage. La porte de l'appartement de Pierre-Marie était ouverte, et ce dernier l'attendait dans le couloir. Il lui serra la main et lui dit d'entrer.

Ils pénétrèrent dans l'appartement cossu, équipé en mobilier contemporain.

Le matin, Pierre-Marie avait accepté d'analyser la nourriture pour chat que Cyril avait recueillie auprès de Cindy Laporte. Ce dernier avait transversé le contenu de la boîte dans un récipient hermétique en prenant soin de se protéger avec des gants et un masque FFP2. Il avait aussi donné la consigne à Pierre-Marie de prendre toutes les précautions nécessaires.

En fin d'après-midi, Pierre-Marie l'avait rappelé en lui proposant de lui communiquer les résultats de l'analyse le soir même.

Comme sa femme était ce soir-là, mobilisée par ses « œuvres », il l'invita chez lui.

Cyril avait un pressentiment assez négatif quant aux résultats de ces analyses. Si elles devaient se révéler positives, dans le sens où des éléments contaminants seraient décelés, il serait mis face à ses responsabilités.

Pierre-Marie proposa à Cyril un vieux pur malt écossais. Il ne raffolait pas du whisky mais il l'accepta afin de ne pas leur faire perdre du temps.

Ils s'assirent tous deux l'un en face de l'autre dans les fauteuils en nubuck et Pierre-Marie se saisit du dossier posé sur la table de salon, unique objet venant troubler l'ordre absolu et aseptisé qui régnait dans cette pièce.

Pierre-Marie avala sa salive et se mit à parler :

« Bon, ce que tu m'as donné est une cochonnerie. Mon labo l'a analysé en urgence. J'ai dû inventer un gros bobard pour mobiliser mes équipes sur le sujet. En résumé, il semble que ces produits soient à base de viande avariée. Nous avons détecté plusieurs espèces d'animaux domestiques ou pas, mais là n'est pas le sujet. En fait, il est bourré de germes. La stérilisation, s'il y a eu stérilisation, a été totalement inopérante. »

Un souvenir furtif traversa l'esprit de Cyril : le film *Les Désaxés,* de John Huston, d'après un livre d'Arthur Miller où des cow-boys fatigués chassent des chevaux sauvages pour alimenter une usine d'aliments pour chiens.

Pierre-Marie continua :

« En particulier, il contient des traces de brucellose. Tu vois ce que c'est ? »

Cyril lui répondit par l'affirmative d'un signe de la tête.

Il avait déjà rencontré des cas de brucellose. Cette maladie était fréquente chez les éleveurs dans les pays où il n'y avait pas de système de santé développé. On la rencontre au Moyen-Orient et sur le pourtour méditerranéen. L'hypothèse que la viande pouvait provenir d'une de ces régions paraissait cohérente.

Pierre-Marie enchaîna :

« Normalement, elle n'est pas trop dangereuse, mais nous avons peut-être affaire à une souche nouvelle. Elle peut tuer les personnes fragiles qui la contractent en quelques jours. Elle est cependant inopérante sur les animaux et en particulier les chats qui sont dotés de défenses immunitaires solides. Elle peut être avec symptômes ou sans, foudroyante ou quasi chronique. Je pense que des investigations plus complètes devraient être réalisées par des laboratoires plus adaptés à cette tâche que le mien. Je ne sais pas d'où ça vient, mais je te déconseille d'en donner à ton chat. Je peux te dire qu'aucune des règles obligatoires imposées par les services vétérinaires n'est respectée. Je ne vois pas un de nos concurrents en France mettre sur le marché une telle merde. »

Malheureusement, Cyril fut conforté dans son pressentiment. Il avait espéré un autre résultat qui aurait pu disculper VIVRE d'une quelconque responsabilité dans cette histoire mais, à présent, aucun doute méthodologique ne subsistait.

Pierre-Marie ne lui posa pas de questions mais Cyril sentait bien qu'il était en attente d'explications et il lui en donna :

« Je crains fort que nous soyons à la veille d'un scandale sanitaire qui va ébranler le pouvoir. Puis-je te demander de garder le secret pour l'instant ? Je vais contacter le responsable de la diffusion de ce produit pour le mettre devant ses responsabilités. S'il ne réagit pas, je devrai alerter l'opinion publique, je ne sais comment. »

Cyril se sentait désemparé devant une telle responsabilité. Il ne se sentait l'âme ni de Greta Thunberg ni de Julian Assange.

Pierre-Marie le regarda dans les yeux et lui dit avec un air à peine dissimulé :

« Je ne suis pas sûr pour ma part de rester silencieux très longtemps, même si ma position m'empêche de dénoncer un concurrent. Je serais automatiquement suspecté de manque d'objectivité orientée. »

Cyril comprit parfaitement ce qu'il signifiait et que ses derniers propos n'étaient pas des paroles en l'air. Il lui répondit :

« Message reçu. »

Cyril lui demanda s'il pouvait disposer des résultats écrits des analyses.

Pierre-Marie lui répondit dans l'affirmative, il avait effectivement pris soin de les imprimer en cachant toutes les références à son entreprise.

Ils se séparèrent après avoir fini leur verre, en se promettant de se tenir au courant de l'évolution de l'affaire dans les jours suivants.

Paris – le 22 avril – 22 heures

Imma vivait depuis plusieurs jours dans le noir. Elle se sentait profondément blessée par l'attitude de Péllegrini. Elle avait l'impression d'avoir été manipulée, utilisée, réifiée. Elle avait avalé beaucoup de couleuvres dans sa vie et elle était capable d'en avaler encore, mais là elle avait touché le fond, elle se sentait détruite. En vérité, c'est Péllegrini qui l'avait précipitée dans l'abîme.

Elle le connaissait bien. Elle en savait plus sur lui qu'il ne lui en avait dit. Elle lisait en lui comme dans un livre ouvert. Imma pensait être une des rares personnes qui voyaient ses fractures, ses envies de revanche sur la vie. Elle devinait ce qui l'animait, la volonté de se convaincre lui-même qu'il était à la hauteur de ses propres attentes.

Plus tôt dans la journée, elle avait découvert une autre face de lui jusque-là inconnue : sa capacité à nier l'évidence en toute mauvaise foi pour sauvegarder ses intérêts.

Elle ne se sentait pas amie avec lui, mais il faisait partie des rares personnes qui lui inspiraient confiance. Elle le respectait pour ce qu'il était et ce qu'il avait construit en partant de rien. Elle aimait les personnes qui connaissaient le fonctionnement du système et qui s'en servaient pour faire avancer leurs projets.

Elle se reconnaissait assez en lui. Certes, elle n'avait aucune intention de construire un empire, mais elle appréciait sa manière de voir le monde, de manipuler les cuistres pour arriver à ses fins.

Elle s'était d'ailleurs souvent inspirée de ses méthodes pour traiter certains dossiers difficiles.

Pour résumer, elle l'appréciait vraiment. Jusqu'à aujourd'hui.

Comme lui, elle avait beaucoup dissimulé pour paraître « normale » et trouver une place dans un monde qu'elle détestait mais qui était le seul à sa disposition.

Elle avait souvent eu envie de quitter la France pour partir vers des pays lointains. Elle avait voyagé en Asie, en Afrique et en Amérique du Sud. Elle avait souvent été séduite par ces ailleurs mais finalement, elle en trouvait les failles et préférait rentrer.

La précarité ne lui faisait pas peur. Son appartement témoignait du peu de cas qu'elle faisait des biens matériels. Elle cuisinait peu, ne recevait jamais personne.

Elle avait depuis un certain temps abandonné la perspective d'une vie de couple. Elle était trop asociale pour faire les concessions minimales, respecter l'hypocrisie indispensable à la vie en commun. Elle en était désolée mais n'avait pas l'impression de pouvoir évoluer.

Parfois, elle se disait que le vrai amour la transformerait peut-être, mais elle n'y croyait pas vraiment.

Pour le moment, elle était seule dans le noir absolu, et ça lui convenait. Elle n'avait aucune envie particulière. Elle s'était contentée de boire régulièrement de l'eau pour rester en vie. Elle était dans cet état depuis des heures ou des jours, elle l'ignorait.

À un moment et sans crier gare, l'envie de revenir dans le monde des humains lui revint.

Elle mangea quelques chips, but une bière et ralluma son portable. Elle vit que Cyril l'avait appelée plusieurs fois et se dit qu'elle n'avait été très sympathique avec lui.

Elle pensa que lui non plus ne semblait pas à sa place dans ce monde. Elle sentait de grosses failles en lui mais n'avait pas particulièrement envie de creuser.

Elle sentait que leur collaboration arrivait à son terme et qu'ils ne seraient plus amenés à se revoir souvent, mais cette perspective ne lui fit ni chaud ni froid.

Son portable sonna. C'était lui. Il se dit « Bon allez, on retourne dans la vraie vie ».

Les Lilas, le 22 avril – 22 heures 15

Imma répondit enfin au téléphone à Cyril.

Il ne lui demanda aucune explication sur son silence car il était trop heureux de pouvoir évoquer le sujet qui le préoccupait avec une personne de confiance.

Il lui raconta brièvement ce qu'il avait fait depuis leur rencontre avec Péllegrini jusqu'au résultat des analyses. Il sentit que ses mots la touchaient et que son cerveau s'était mis à réfléchir à plein régime.

Elle réfléchit quelques instants et lui dit :

« Rejoins-moi, on file chez Péllegrini avec les analyses. »

Cyril ne s'attendait pas à une telle réaction et bredouilla :

« Mais je ne sais pas où il habite… »

Elle lui répondit :

« Moi si. »

Saint-Cloud, le 22 avril 2027 – 23 heures 25

Depuis ses échanges avec Jacques Lachaine, Péllegrini vivait comme un zombie. Il arrivait à retourner au bureau un jour sur deux pour donner le change. Il réglait quelques affaires urgentes et revenait dans son antre ruminer son malheur.

Heureusement pour lui, le résultat du premier tour avait chamboulé les plans élaborés auparavant et il n'était pas sollicité sur la rédaction des nouveaux éléments de langage.

Pendant cette période de solitude, qu'il s'était imposée, il avait passé sa vie en revue. Comment un petit gars de Villetaneuse, issu d'un milieu pauvre, avait pu arriver là où il était ?

Il repensait aux transgressions dont il était friand dans son adolescence. Elles auraient pu le mener en prison, il s'en rendait compte maintenant. Il se souvenait particulièrement de la fois où, avec des copains, il avait emprunté le fusil du voisin parti en vacances sans s'assurer que son pavillon était bien fermé. Ils s'étaient contentés de tirer sur des bouteilles de bière après les avoir bues puis avaient remis l'arme à sa place. Ni vu ni connu. Pour eux, c'était un jeu innocent. Pour un juge, cela aurait constitué un délit passible de prison ferme.

Il en avait fait d'autres, et des pires, sans jamais se faire prendre. Il avait échappé à la rue, à laquelle tout le monde le croyait destiné (« Que va-t-on faire de toi ? », disait sa mère adoptive).

Il était devenu militant associatif et il avait utilisé son esprit créatif et transgressif pour faire avancer les dossiers. Un de ses plus beaux souvenirs était la fois où, pour forcer la mairie à leur accorder un local, son association avait organisé un festival clandestin de breakdance dans le hall de l'hôtel de ville. Sans aucune violence, le dossier avait avancé très vite.

Il avait ensuite appris à utiliser son charisme naturel, sans même connaître l'existence de ce mot, pour rallier des compétences et construire le groupe VIVRE.

Il savait qu'il était sur le point de tout perdre. Il ne trouvait pas de solution, l'épée de Damoclès qui était au-dessus sa tête ne tarderait pas à fendre son crâne.

Il jeta un coup d'œil machinal sur son portable dont le son était coupé. Il vit qu'Imma l'avait appelé cinq fois. Elle avait aussi envoyé un MMS qui contenant la photo d'un rapport d'analyse biologique.

Ce qu'il craignait le plus arrivait : Imma avait tout compris et savait tout.

Il resta inerte jusqu'à la réception d'un nouveau SMS. Il lit le message : « Je suis devant chez toi. Ouvre ta porte. »

# Chapitre XXI

Saint-Cloud, le 22 avril 2027 – 23 heures 30

Cyril était allé chercher Imma chez elle dans le 10e arrondissement, et il avait filé à Saint-Cloud en essayant d'échafauder une stratégie.

Imma, qui était plus apte à jouer avec les limites, avait proposé d'aller sonner chez Péllegrini sans prévenir. S'il ne répondait pas, elle lui enverrait une photo des analyses que Cyril avait ramenées, avec un message « Je suis devant chez toi. Ouvre ta porte. »

Comme ils le craignaient, la seconde méthode fut la bonne.

Ils se postèrent devant la porte du pavillon de Péllegrini et ce dernier vint leur ouvrir vêtu d'un jogging. Il vivait seul, Imma le savait.

Cyril ne l'aurait jamais imaginé avec cette tête-là ; mal rasé, les traits tirés, il avait vieilli de dix ans.

Il était où, l'homme à qui rien ne résiste ?

Ils entrèrent ensemble sans prendre la peine d'échanger les amabilités d'usage.

Il leur proposa de s'asseoir et ils acceptèrent après une légère hésitation. L'ambiance n'était pas à la convivialité.

Imma avait pris avec elle le dossier des analyses et attaqua bille en tête :

« Tu t'es ouvertement foutu de nous la fois dernière. Tu ne pouvais pas ignorer que tu distribues des produits impropres à la consommation à des animaux qui génèrent un fort risque de mortalité pour leur propriétaire. »

Péllegrini encaissa sans répondre sur le fond. Puis il se justifia :

« Lors de notre dernière réunion, je n'étais pas au courant de tout ça et je ne voulais rien dire ou faire qui nuise au programme. Depuis, j'ai effectué des recherches dans le groupe et j'ai recueilli des informations qui me permettent d'expliquer ce qui s'est passé. »

Il parlait calmement, en cherchant ses mots et en essayant d'apaiser la tension palpable entre les trois interlocuteurs :

« En fait, VIVRE a mis en place une centrale d'achat pour l'ensemble du groupe. Nous rationalisons les coûts des matières consommées. Cela marche pour les fournitures de bureau, les masques, les produits d'hygiène, les carburants, l'énergie, le téléphone, l'assurance… Je pense que vous comprenez le principe. Il est d'acheter au plus bas pour réduire les charges et proposer de meilleurs prix à nos clients. »

Cyril pensa : « Meilleurs prix à nos clients, quel foutage de gueule ! »

Le gestionnaire reprenait le dessus avec la rationalité inhérente à cette fonction :

« J'ai fait une enquête interne et je me suis rendu compte d'un gros bug dans le processus de sélection des fournisseurs de nourritures pour les animaux domestiques. Notre fournisseur habituel a fait appel à un sous-traitant sans nous prévenir qui lui-même avait acheté des consommables de piètre qualité. »

Cyril se demanda si Péllegrini disait la vérité, tant ses propos manquaient de conviction. L'histoire qu'il racontait l'exonérait de toute responsabilité.

Imma bondit de son fauteuil :

« De piètre qualité ! Tu te fous du monde, ce sont des produits avariés, bourrés de germes ! »

Péllegrini ne sentait pas en situation de force et fit profil bas :

« J'ai ordonné la destruction de tous les stocks, j'ai viré le fournisseur et j'ai déclenché une enquête interne pour identifier les manquements dans le processus de décision. Je peux vous garantir que je serai sans pitié. »

Cette diatribe qui cherchait à leur montrer que la situation avait été reprise en main et que Péllegrini avait réagi avec force et autorité tomba un peu à plat.

Imma lui demanda :

« Et pour les vieux, on fait quoi ? »

Péllegrini s'attendait à cette question et avait préparé une réponse qu'il savait imparfaite :

« Dès demain, toutes les boîtes seront remplacées. Ensuite, nous engagerons avec les familles, quand famille il y a encore, un processus d'indemnisation. Pour ma part, cet événement est le plus gros échec de ma vie professionnelle et je ne suis pas sûr de m'en remettre. J'assumerai à titre personnel toutes les conséquences de ces événements. »

Péllegrini avait prononcé ces mots avec de légers sanglots dans la voix, sans que Cyril ne décerne s'ils étaient sincères ou simulés. Il reprit ensuite :

« Mais, vous savez, ce qui est fait est fait, l'important est de s'assurer que ce drame ne puisse pas se reproduire. J'insiste sur la nécessité de garder cet accident confidentiel. Lui donner une grande publicité ne fera qu'ajouter du malheur au malheur. »

Cyril réfléchit et se dit que Péllegrini avait peut-être raison, et que provoquer un scandale ne résoudrait pas le problème de la surmortalité des patients.

Imma, dont la colère ne semblait pas avoir disparu, lui répondit :

« Pour ma part, je vais réfléchir à mon attitude à court terme et je n'exclus rien. Je pense que mon engagement de confidentialité ne pèse rien face à ma conscience. Je n'ai pas envie de me sentir complice de meurtres par négligence. »

Cyril renchérit :

« Le problème est délicat et l'important est de trouver la meilleure porte de sortie tout en privilégiant la santé de nos patients. Je vais réfléchir et je vous préviendrai de la décision que je prendrai, quelles qu'en soient les conséquences sur ma carrière au sein du groupe VIVRE. »

Sentant qu'il n'y avait rien d'autre à dire, Imma et Cyril prirent froidement congé de Péllegrini.

Dans la voiture qui les ramenait vers Paris, ils restèrent tous deux longuement silencieux. Cyril rompit le silence en disant qu'ils étaient quand même un peu coincés par les circonstances. Le second tour s'annonçait serré et la divulgation de cette affaire provoquerait à coup sûr la défaite du sortant. Il précisa que pour sa part, il n'avait en aucun cas envie de voir Ramirez arriver au pouvoir.

Imma ne répondit rien d'intelligible.

À cette heure, la circulation était fluide et Cyril gara sa voiture devant l'immeuble de Imma après une vingtaine de minutes. En descendant, elle lâcha :

« Écoute, pour ma part je vais m'enfermer chez moi le reste de la semaine. Je ne parlerai à personne. On verra lundi ce que je déciderai. »

Elle claqua la porte sans attendre une réponse. Cyril rentra chez lui et essaya en vain de dormir.

## Chapitre XXII

Paris, le 23 avril 2027 – 19 heures 30

Cindy et Élodie s'étaient donné rendez-vous dans un café en face du parc de la Villette.

Cindy avait été traumatisée par sa conversation avec Cyril Agopian. Elle n'en dormait plus. Elle avait eu envie de tout raconter sur les réseaux sociaux mais ne franchit pas le pas, par peur de représailles ou de conséquences sur sa famille. Elle avait, comme beaucoup de personnes, le sentiment que tout était contrôlé et que des forces occultes pouvaient lui nuire.

Comme elle travaillait dans un laboratoire d'analyse biologique, elle n'avait jamais cru que La Maladie n'existait pas, théorie complotiste en vogue de 2020 à 2022. Cependant, elle n'était pas insensible aux théories décrivant un contrôle total de la société par des forces gouvernementales sans foi ni loi.

Élodie l'écouta raconter son histoire avec un double sentiment : la stupeur qu'une telle horreur soit arrivée et la jouissance de détenir un élément potentiellement déterminant dans le combat électoral qui arrivait à son terme.

Quand Cindy eut terminé, elle lui demanda si elle avait encore des boîtes de croquettes ou des barquettes de pâté. Elle lui répondit par l'affirmative.

Élodie enchaîna :

« Tu sais, je connais des personnes proches de Kévin Ramirez. Tu es en possession de l'arme qui nous débarrassera du charlot qui nous gouverne et de sa clique, dont Péllegrini. »

Cet argument fit mouche et Cindy sentit sa colère froide se transformer en envie d'agir, d'enfin se venger de toutes ses frustrations et de ses rancœurs. Elle avait là une occasion qui ne se représenterait pas de sitôt.

Élodie sentit que Cindy basculait dans son camp. Elle prit sa respiration, arbora son plus joli sourire et lui demanda :

« Ça te dirait de passer à la télé ? »

Les Lilas, le 24 avril 2027 – 18 heures

La journée de Cyril avait été une des pires de sa vie. Peu de sommeil, beaucoup de pensées contradictoires, un sentiment d'échec dominant, une envie d'évasion sans destination…

Aucun film, aucune musique ne lui semblait apte à le distraire.

Il se forçait à lire mais son esprit était ailleurs.

Il interrompit sa lecture définitivement à 18 heures et écouta les informations pour avoir des nouvelles de la campagne.

Les journalistes, bien informés, ou qui déclaraient l'être, expliquaient que, sauf coup de théâtre, Kévin Ramirez ne rattraperait pas son retard de trois points d'ici dimanche. L'émission de ce soir serait sa dernière chance.

Certains journalistes insistaient sur la possibilité d'un coup de théâtre, toujours envisageable avec un air entendu.

Un des journalistes, réputé assez proche de LFDA, répétait sans cesse : « Un coup de théâtre est toujours possible », sans en dire plus. Cette attitude mit la puce à l'oreille de Cyril qui fut envahi par un étrange pressentiment.

Il se souvint d'un livre, découvert par hasard, qui traitait de la lente descente aux enfers d'un professeur de fac. Ce dernier construisait, à partir d'une phrase du *Capital* de Karl Marx, une théorie complotiste à laquelle il était le seul à trouver un sens. Ce livre s'appelait *Le logarithme jaune* et faisait écho à la situation que Cyril vivait à l'instant présent : ne pas se laisser entraîner dans une dérive complotiste. Contrairement au personnage du roman, il essaya de ne pas surinterpréter des signaux faibles et de ne baser ses raisonnements que sur des faits objectifs.

Vers 21 heures, il se résolut à se brancher sur l'émission politique tant attendue, présentée comme l'événement final qui devait faire pencher l'élection d'un côté ou de l'autre.

Le Président sortant avait refusé une confrontation directe, trouvant le principe du face-à-face sans intérêt.

Kévin Ramirez aurait donc deux heures pour lui seul face à des contradicteurs et des témoins, dont certains choisis par lui. Le candidat affichait un air détendu avec un petit sourire en coin montrant son assurance.

Certitude d'avoir un coup d'avance ou attitude dictée par ses conseillers en communication ? Cyril ne savait comment l'interpréter mais ce sourire faisait monter son angoisse.

Cyril s'assit dans le canapé pour mieux se concentrer sur les dires du dirigeant du parti d'extrême droite.

Le débat était prévu en trois phases : dans un premier temps, les questions de trois journalistes, ensuite le débat avec trois contradicteurs de partis opposés à LFDA et enfin, des questions posées par des « Français ordinaires », selon l'expression consacrée.

Les deux premières séquences se déroulèrent sans surprise. Les journalistes étaient gentiment critiques, les opposants récitaient leur discours et aucun des deux camps ne prenait la peine de répondre aux questions posées.

Ramirez ne prenait aucun risque dans ses réponses et se gardait bien de laisser paraître ses aspects les plus durs. Il casait systématiquement des éléments de discours positifs : le temps du changement est arrivé, les Français vont avoir dès dimanche un président qui leur ressemble, le vieux monde est à l'agonie et le nouveau s'annonce…

L'angoisse de Cyril montait encore et le sentiment de certitude qui se dégageait de la prestation de Ramirez le faisait trembler d'effroi.

Vers 23 heures, Cyril était prêt à renoncer à la suite du débat en essayant de se convaincre qu'il se laissait lui-même berner par ses peurs.

Il se dit pourtant que les questions des « Français ordinaires » pourraient peut-être le rassurer.

Une page de publicité lui permit d'aller se faire un thé qu'il comptait déguster avec une pomme.

Il était de nouveau assis dans son canapé quand la page de publicité se termina. L'animateur de la soirée reprit la parole pour présenter les témoins. Parmi eux, trois étaient choisis par la production et trois par le candidat.

Parmi les témoins choisis par le candidat, il reconnut, en en croyant à peine ses yeux, Cindy Laporte, vêtue d'un gilet jaune.

Il laissa tomber sa tasse de thé brûlant sur ses genoux.

Cyril comprit instantanément que le sort en était jeté et qu'il porterait une grande responsabilité dans l'élection future de Kévin Ramirez.

# Remerciements

Mes remerciements vont à l'endroit de :

Sandrine, son épouse, pour son soutien, ses relectures bienveillantes et pour le dessin de la couverture.

Michel et Annabel pour leur relecture attentive.

Xavier Mauduit et Simon Abkarian qui m'ont donné la clé du roman dans un moment de doute.

Un vendredi matin, j'écoutais l'émission « Le sens de l'histoire » sur France Culture. Ce jour-là, Xavier Mauduit recevait Simon Abkarian, et ils évoquèrent ensemble le génocide Arménien.

Je voulais que le héros du roman porte en lui la mémoire d'un des génocides du XXe siècle et j'ai eu le déclic : mon personnage principal sera d'origine arménienne.

Il n'en est pas moins inventé de toutes pièces et ne s'inspire en rien de personnes ayant existé, comme tous les autres personnages de ce livre.

Imprimé en France
Achevé d'imprimer en février 2023
Dépôt légal : janvier 2023

Pour

Le Lys Bleu Éditions
40, rue du Louvre
75001 Paris